ものがたり十二か月

夏ものがたり

野上　暁　編

もくじ

・六月・

・七月・

・八月・

装　画　川上　隆子
カバーデザイン　山﨑理佐子
本文挿画　高畠　那生

ものがたり十二か月

夏ものがたり

六月・水無月・みなづき

蝸牛《かたつむり》の道《みち》

清岡卓行《きよおかたかゆき》

初夏《しょか》の曇《くも》った午後《ごご》の庭《にわ》
褐色《かっしょく》の　なめらかな　飛石《とびいし》のうえ。
蝸牛《かたつむり》が　粘《ねば》る時間《じかん》を這《は》って行《ゆ》く
やわらかな　二対《つい》の角《つの》を突《つ》きだして。

這《は》ったあとに敷《し》かれている
薄汚《うすよご》れた　白《しろ》っぽい　銀色《ぎんいろ》の道《みち》。

そこをとても小《ちい》さな蟻《あり》が　一匹《ぴき》
自転車《じてんしゃ》に乗《の》って　ジグザグ急《いそ》ぐ。

雨《あめ》が　ポツンポツンと降《ふ》ってくる。
父《ちち》と幼《おさな》い子《こ》に　まぼろし遊《あそ》びをさせた
はかない銀《ぎん》の細道《ほそみち》は　やがて消《き》える。

蝸牛《かたつむり》も　どこかへ行方《ゆくえ》不明《ふめい》。
いや　萵苣《ちしゃ》の大《おお》きな葉《は》のうえで
おいしそうな　遅《おそ》い昼《ひる》めし。

青蛙《あおがえる》
おのれもペンキ
ぬりたてか

芥川龍之介《あくたがわりゅうのすけ》

お母《かあ》さんはかたつむり

矢《や》玉《だま》四《し》郎《ろう》

精一《せいいち》は野口小学校《のぐちしょうがっこう》の四年生《ねんせい》だ。このところ一週間《しゅうかん》、雨《あめ》がじとじととふりつづいて、なんだか気分《きぶん》がさえなかった。が、五時間目《じかんめ》の授業中《じゅぎょうちゅう》に教室《きょうしつ》の窓《まど》から外《そと》を見《み》ると、雨《あめ》はやんでいた。

校内《こうない》を出《で》るころには、空《そら》はまっ青《さお》に晴《は》れあがっていた。

「ひさしぶりに自転車《じてんしゃ》にのれる。野球《やきゅう》もいいな。」

精一《せいいち》は長《なが》ぐつをばたばたいわせながら、走《はし》って帰《かえ》った。

玄関《げんかん》の戸《と》をあけると、ねこがすごいいきおいで飛《と》び出《だ》してきた。となりのミイだ。いつもなら精一《せいいち》の顔《かお》を見《み》ると、あまえたような声《こえ》を出《だ》してよってくるのだが、今日《きょう》はひどくあわてたようすで、精一《せいいち》のわきをすりぬけて逃《に》げていった。

「ははん、台所《だいどころ》でなんかやったな。」

母《かあ》さんにしかられたにちがいない。

精一《せいいち》は長《なが》ぐつをぬぎすてて、そのまま台所《だいどころ》へいった。

「ただいま、母《かあ》さん。おなかペコペコだよ、なんかない？」

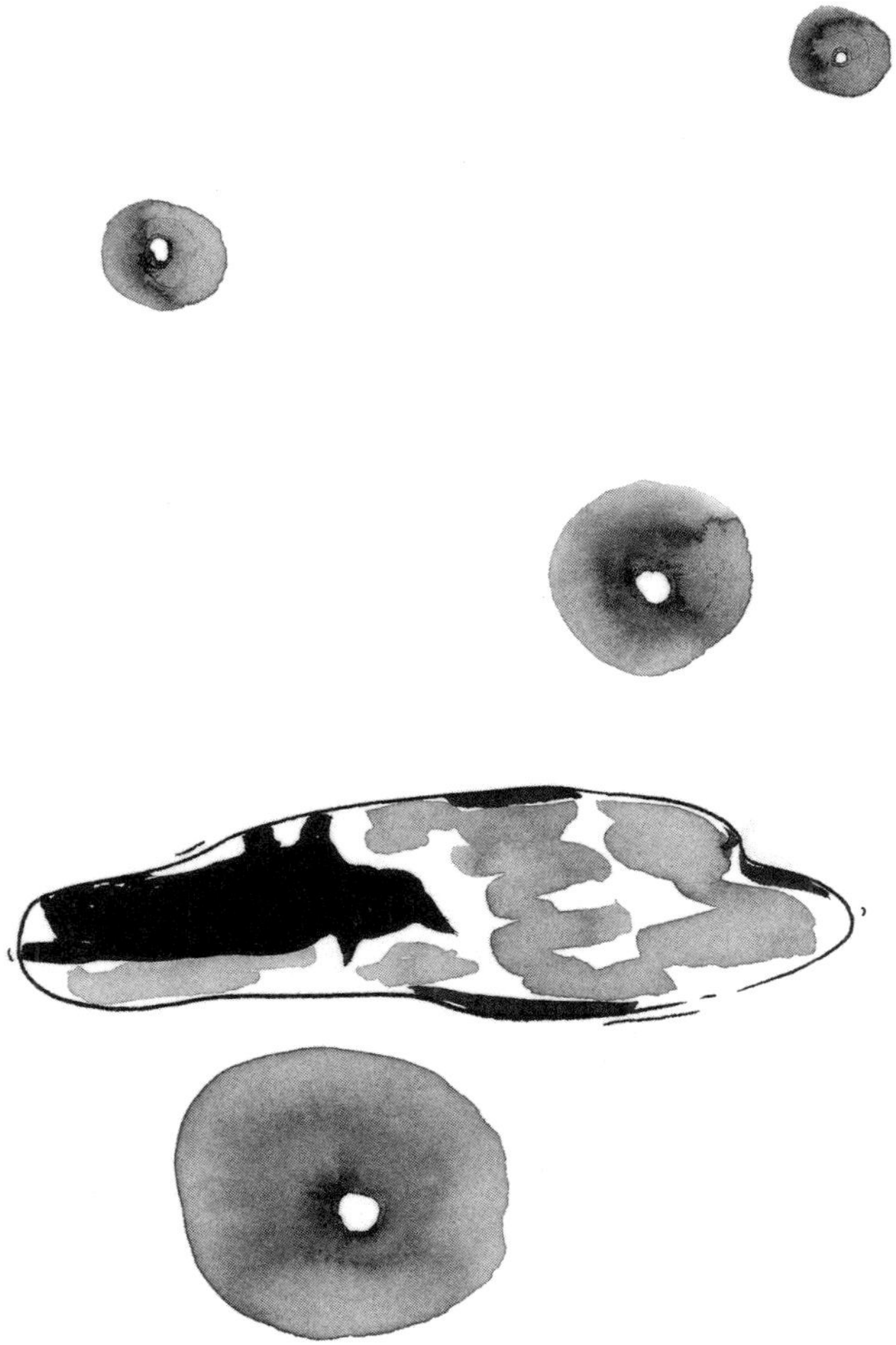

ところが、台所《だいどころ》には母《かあ》さんの姿《すがた》はなかった。

そのかわりに、とてつもなく大《おお》きなかたつむりがいた。

「うっ！」

精一《せいいち》はぎょっとなって足《あし》を止《と》めた。

大《おお》きなうずをまいたそのからは、両手《りょうて》をひろげてやっとかかえられるかどうかというほどの大《おお》きさだ。

かたつむりは流《なが》しにむかってなにかやっていた。

「お帰《かえ》り、精《せい》ちゃん。」

かたつむりがそういった。その声《こえ》は母《かあ》さんの声《こえ》だ。

なんだ、どうなってるんだ……？　精一《せいいち》は頭《あたま》をぶるぶるっとふった。

かたつむりはゆっくりと首《くび》をまげて、ふりかえると、にっこり笑《わら》った。その顔《かお》は母《かあ》さんの顔《かお》だ。

「あれっ……母《かあ》さん、母《かあ》さんどうして、かたつむりなんかになっちゃったの？」

精一《せいいち》がさけぶと、母《かあ》さんのかたつむりはおかしそうに笑《わら》った。

「ほほほ。なにをいってるの？　お母《かあ》さんはずっとまえからかたつむりじゃないの。」

「そ、そんなあ……ずっとまえからかたつむりだったなんて……。」

「そんなことあらためていわなくても、あたりまえでしょ。なんなの、その顔《かお》は。

お母《かあ》さんがかたつむりなのが気《き》にいらないの？」

母《かあ》さんのかたつむりは、あきれたように精一《せいいち》の顔《かお》を見《み》つめた。

「だ、だってえ、気《き》にいるも、気《き》にいらないも、母《かあ》さんがかたつむりだなんて、おかしいよ。」

「おかしくってもしかたないでしょ。初《はじ》めっからかたつむりなんだから。」

「初《はじ》めっからなんて、うそだよ。そんなばかな！」

精一《せいいち》は大声《おおごえ》をあげた。

「おかしな子《こ》ねえ。きゅうになにをいいだすのかしら。熱《ねつ》でもあるんじゃないの？」

母《かあ》さんのかたつむりは精一《せいいち》のほうへ、ぬぬぬと近《ちか》づいてきた。

「わっ、やめて！　熱《ねつ》なんかないよ。」

精一《せいいち》はうしろへ飛《と》びのいた。

そこへ、居間《いま》のほうから、もう一匹《ぴき》、ちょっと小《ちい》さめのかたつむりが入《はい》ってきた。

「精一《せいいち》ったら、なによ、大《おお》きな声《こえ》だして。」

そのかたつむりは姉《あね》の涼子《りょうこ》の顔《かお》だった。

「あっ、ねえちゃんまでかたつむり……。」

「あたりまえでしょ。へんなこといわないで。」

姉《あね》のかたつむりもすました顔《かお》をしている。

「ふたりとも、どうしたんだ？　ぼくをからかうのはやめてよ。」

精一《せいいち》はふるえる声《こえ》でいった。

「からかってなんかいないでしょ。」

「精一《せいいち》ったら、どうしたの？　学校《がっこう》でなんかあったんじゃないの？」

母《かあ》さんと、ねえさんのかたつむりは、顔《かお》を見合《みあ》わせた。が、すぐ流《なが》しにむかって二人《ふたり》でならんで立《た》つと、おしゃべりを始《はじ》めた。

「きょうのおかずは？」

「てんぷらよ。いかを買《か》ってきたわ……。」


精一《せいいち》はがくがくする足《あし》をひきずるようにして玄関《げんかん》まで歩《ある》いた。長《なが》ぐつに足《あし》をつっこんで、ゴムがぐにゃっとなるやつをふんづけながら、ばたばたと表《おもて》へ飛《と》び出《だ》した。道路《どうろ》のアスファルトがかたむいて、ひっくりかえりそうになるのをこらえて、めちゃくちゃに走《はし》った。

三角公園《さんかくこうえん》までやってきた。ハアハアいいながらブランコにつかまって休《やす》んだ。こんなときは、いったいどうすればいいんだろう？　そうだ警察《けいさつ》だ。いつかへびが出《で》てきて大《おお》さわぎになったとき、パトカーがきたことがある。

精一《せいいち》は公衆電話《こうしゅうでんわ》のボックスへ入《はい》った。

でも、一一〇番《ひゃくとうばん》して、パトカーがやってきたらどうなるんだろう。かたつむりといっても、あれは母《かあ》さんと、ねえちゃんにちがいはない。つかまえられたらたいへんだ。ピストルでうたれるかもしれない。

だいいち、警察《けいさつ》の人《ひと》が電話《でんわ》に出《で》ても、「お母《かあ》さんがかたつむりになりました」なんて、いえるわけがない。いっても信用《しんよう》しないだろう。

精一《せいいち》は電話《でんわ》ボックスの中《なか》で、ぼんやりと立《た》っていた。コツコツとガラスをたたく音《おと》がした。ふりかえると、クラスメートの友子《ともこ》ちゃんだった。

「精《せい》ちゃん、なにしてんの？」

友子《ともこ》ちゃんはなべを持《も》っていた。

「あ、友子《ともこ》ちゃん、おつかい？」

「うん、なまこ買《か》ってきたの。見《み》る？」

友子《ともこ》ちゃんはなべのふたをとろうとした。

「いいよ、なまこなんて。」

精一《せいいち》はあわてて止《と》めた。

「なんだかへんねえ。元気《げんき》ないわよ。早《はや》く帰《かえ》らなくちゃだめよ。」

精一《せいいち》はランドセルをしょったままなのだ。

「いや、いっぺん帰《かえ》ったんだけど、また出《で》てきちゃったんだ。」

「ははん、お母《かあ》さんにしかられた、ね。」

友子《ともこ》ちゃんは目《め》をくりっとさせた。

「そうじゃないんだ。家《うち》へ帰《かえ》ったら母《かあ》さんとねえちゃんが……へんてこなんだ。」

「へんてこ？　病気《びょうき》？」

「病気《びょうき》？　……そうか、あれは病気《びょうき》かもしれないな。そういえば友子《ともこ》ちゃんちはお医者《いしゃ》さんじゃないか。」

「そうよ。お父《とう》さんね、なまこが好《す》きなの。お酒《さけ》飲《の》むでしょ、だから。」

「だけど、かたつむりなんかみてくれるかなあ。」

「精《せい》ちゃん、かたつむりなんか飼《か》ってた？」

「いや、家《うち》に帰《かえ》ったらいたんだ。こんな大《おお》きいんだ。」

精一《せいいち》は両手《りょうて》をひろげた。

「まあ、そんな大《おお》きいの？　世話《せわ》がたいへんじゃない。キャベツなんか丸《まる》ごとぺろりね。」

友子《ともこ》ちゃんは目《め》を輝《かがや》かせた。

「ううん、自分《じぶん》で料理《りょうり》作《つく》ってるよ。だって、母《かあ》さんとねえちゃんなんだもん。」

「なにが？」

「かたつむり。そのかたつむりはね、母《かあ》さんとねえちゃんなんだ。ぼく、もうどうしていいのかわからないよ。」

「ええっ！」

友子《ともこ》ちゃんは精一《せいいち》の顔《かお》を見《み》つめた。

「ふうん、じゃ、やっぱり病気《びょうき》なのね。かたつむり病《びょう》なんだわ。」

「かたつむり病《びょう》なんてあるの？」

「知《し》らないけど……。お父《とう》さんに聞《き》いてみるわ。家《うち》へいらっしゃいよ。」

精一《せいいち》は友子《ともこ》ちゃんの家《うち》へいくことにした。


もう夕方《ゆうがた》なので、望月医院《もちづきいいん》には患者《かんじゃ》さんはいなかった。友子《ともこ》ちゃんのお父《とう》さんの望月先生《もちづきせんせい》はいすにすわって本《ほん》を読《よ》んでいた。

「お父《とう》さん、精《せい》ちゃんのお母《かあ》さんと、おねえさんが病気《びょうき》なの。」

「そうかい、熱《ねつ》でもあるのかい?」

望月先生《もちづきせんせい》は本《ほん》から目《め》をはなしもしない。

「いえ、あのう……。」

精一《せいいち》がもじもじしているので、友子《ともこ》ちゃんが説明《せつめい》した。

「あのね、お母《かあ》さんとおねえさんがかたつむりになったんだって。」

「かたつむり?　つむりが固《かた》くなったのかね?」

「つむりって?」

「頭《あたま》が固《かた》くなったんだろ。そりゃ、いまさらなおしようがないねえ。大人《おとな》になればなるほど頭《あたま》がコチコチになるからねえ……。」

先生《せんせい》は一人《ひとり》でかってにしゃべっている。

「ちがうの。お母《かあ》さんの顔《かお》をしたかたつむりがいたんだって。」

「へえ、そりゃおもしろいね。からなんか、こんなかい?」

先生《せんせい》はくるりとむきなおって、指《ゆび》で丸《まる》を作《つく》ってみせた。

「いえ、こんなのです。」

精一《せいいち》は大《おお》きく手《て》をひろげた。

「はっはっは。すごいね。」

「お父《とう》さん、今《いま》から精《せい》ちゃんちへいっしょにいってあげたら。」

「ああ、だけど、このつぎ見《み》せてもらうよ。」

先生《せんせい》は、友子《ともこ》ちゃんの持《も》っているなべのふたをひょいとつまんだ。

「おっ、なまこだな。よしよし。これ、早《はや》くお母《かあ》さんとこへ持《も》っていきなさい。」

友子《ともこ》ちゃんは台所《だいどころ》へなべを持《も》っていくと、すぐもどってきた。

「でも、精《せい》ちゃん、困《こま》ってるんだって。」

精一《せいいち》は黙《だま》って立《た》っていた。

望月先生《もちづきせんせい》はめんどくさそうに、

「塩《しお》でもかけてみたらどうかね。」

「そんなことしたら死《し》んじゃうじゃないの。精《せい》ちゃんのお母《かあ》さんとおねえさんなのよ、そのかたつむりは！」

友子《ともこ》ちゃんは口《くち》をとがらせた。

「あの……ぼく帰《かえ》ります。」

精一《せいいち》はしょんぼりと表《おもて》へ出《で》た。

窓《まど》ガラスをとおして、友子《ともこ》ちゃんの声《こえ》が聞《き》こえた。

「ほら、お父《とう》さんがへんなこというからよ。」

外《そと》は暗《くら》くなっていた。細《ほそ》い月《つき》が枯《か》れ木《き》の枝《えだ》にひっかかっていた。

精一《せいいち》は玄関《げんかん》の戸《と》をそっとあけて、家《いえ》にはいった。しのび足《あし》で台所《だいどころ》をのぞくと、母《かあ》さんはやっぱりかたつむりだった。

「なにしてんの？」

「ひえっ！」

いつのまにか、ねえちゃんのかたつむりがうしろに立《た》っていた。

「いやねえ。どろぼうみたいなまねして。」

「い、いや……。」

精一《せいいち》はひやあせをかいた。

「精《せい》ちゃん、もうごはんだから、外《そと》へ出《で》ちゃだめですよ。」

母《かあ》さんがてんぷらをあげながらいった。

「うん。」
返事《へんじ》はしたが、さて、これからどうすればいいのかわからない。精一《せいいち》は自分《じぶん》の部屋《へや》にいって、いすにこしかけた。ランドセルをはずすと、体《からだ》の力《ちから》がぬけてだらんとなった。

これからずっと、あのかたつむりといっしょに暮《く》らすのかなあ……。なんといっても母《かあ》さんなんだから、追《お》い出《だ》すわけにもいかない。

来週《らいしゅう》、授業参観《じゅぎょうさんかん》がある。あんなかたつむりが学校《がっこう》へのこのこいったりしたら、大《おお》さわぎになってしまう。母《かあ》さんは自分《じぶん》がかたつむりだってことを、ちっともはずかしく思《おも》ってないようだから、平気《へいき》な顔《かお》で出《で》てくるにちがいない。

ねえちゃんだって……。姉《あね》の涼子《りょうこ》は六年生《ねんせい》。同《おな》じ野口小《のぐちしょう》の生徒《せいと》だ。精一《せいいち》はおもいきって聞《き》いてみた。

「ねえちゃん、明日《あした》、学校《がっこう》へいく？」

「そりゃいくわよ。どうして？」

ねえちゃんのかたつむりはすました顔《かお》をしている。

じょうだんじゃないよ。明日《あした》までになんとかしなくちゃ。でも、精一《せいいち》ひとりの力《ちから》ではどうすることもできない。

「おい、お茶《ちゃ》くれんかあ。」

そのとき、二階《かい》から父《とう》さんの声《こえ》が聞《き》こえてきた。

精一《せいいち》ははっとした。父《とう》さんのことを忘《わす》れていた。精一《せいいち》が外《そと》でうろうろしているうちに、会社《かいしゃ》から帰《かえ》っていたのだ。

だけど、父《とう》さんは平気《へいき》なんだろうか？　母《かあ》さんたちがかたつむりになってしまったというのに……。精一《せいいち》はまた不安《ふあん》になってきた。父《とう》さんまでかたつむりだったら、どうしよう。

「父《とう》さん、ちょっときてよ。母《かあ》さんもねえちゃんもかたつむりになっちゃってるんだ。まさか、父《とう》さんまでかたつむりじゃないでしょ？」

精一《せいいち》は二階《かい》にむかってさけんだ。

「なにいってんだ。精一《せいいち》。お父《とう》さんがかたつむりのわけないだろ。」

父《とう》さんの返事《へんじ》を聞《き》いて、精一《せいいち》は胸《むね》をなでおろした。父《とう》さんならなんとかしてくれる。

「ぼく、どうしていいのかわかんない。父《とう》さん、早《はや》くおりてきてよ。」

精一《せいいち》は大《おお》きな声《こえ》でいった。だが父《とう》さんはのんびりしている。

「お父《とう》さん、もう、ここから出《で》るの、めんどうだよ。それより精一《せいいち》、お茶《ちゃ》を持《も》ってきてよ。」

精一《せいいち》はいらいらしてきた。

「そんなこといってるばあいじゃないんだ。父《とう》さん、早《はや》くきてったら。」

「そうどうならなくても聞《き》こえてるよ。用《よう》があるならこっちへきて話《はな》したらいいだろう。いちいちここから出《で》るのめんどくさいよ。」

父《とう》さんは二階《かい》からおりてきそうもない。精一《せいいち》はしかたなく階段《かいだん》をのぼった。二階《かい》の六畳《じょう》の和室《わしつ》のふすまをあけた。が、父《とう》さんの姿《すがた》はなかった。

かわりに、天井《てんじょう》からなんだかわけのわからないものがぶらさがっていた。ぼろくずをよせ集《あつ》めた寝袋《ねぶくろ》のようなものが、ゆらゆらゆれていた。

「あれ、なんだ……？」

よく見《み》ると、木《き》の枝《えだ》や、枯《か》れ葉《は》がいっぱいくっついている。それは、ばかでかいみの虫《むし》の袋《ふくろ》だった。

「うわーっ！」

おもわず両手《りょうて》に力《ちから》がはいって、ふすまをつきやぶってしまいそうになった。

「精一《せいいち》、なにをがたがたやってるんだ。」

みの虫《むし》の袋《ふくろ》の中《なか》から、父《とう》さんの声《こえ》がした。

「父《とう》さん、みの虫《むし》になっちゃったの？」

精一《せいいち》がきくと、袋《ふくろ》がごそごそ動《うご》いて、父《とう》さんが顔《かお》をだした。

「あれ、精一《せいいち》、おまえまだそんなかっこうでいるのか。早《はや》くみの虫《むし》になりなさい。」

父《とう》さんはおこった。

「みの虫《むし》になりなさいったって、ぼく人間《にんげん》だよ。どうしてみの虫《むし》になるの？」

「なにをとぼけてるんだ。学校《がっこう》から帰《かえ》ったら、すぐみの虫《むし》にならなきゃだめじゃないか。」

父《とう》さんは袋《ふくろ》の中《なか》から、体《からだ》を半分《はんぶん》だした。まっ黒《くろ》なみの虫《むし》の体《からだ》だ。

「ああ、みの虫《むし》だ。父《とう》さんまで……。」

精一《せいいち》はへなへなっと、その場《ば》にしゃがみこんだ。

「四年生《ねんせい》にもなって、みの虫《むし》にもなれないのか。なさけないやつだな。」

父《とう》さんのみの虫《むし》は、わけのわからないことばかりいう。

「だって、わかんないんだよ。みの虫《むし》になるなり方《かた》なんて、習《なら》わなかったよ。」

「そんなことは自分《じぶん》で覚《おぼ》えるもんだ。早《はや》くみの虫《むし》にならないと、ごはんも食《た》べさせないぞ。」

まったく、むちゃくちゃだ。こうなったら、精一《せいいち》だってまけてはいられない。

「ぼく、みの虫《むし》なんか、なりたくないよ。どうせなるのなら、かぶと虫《むし》になるよ。」

「ばかもん。ぜいたくいうんじゃない。父《とう》さんがみの虫《むし》なんだから、おまえもみの虫《むし》にならなきゃいけないんだ。」

「だったら、母《かあ》さんや、ねえちゃんは、どうしてみの虫《むし》じゃないの？　かたつむりじゃないいか。」

「理屈《りくつ》をいうんじゃない。母《かあ》さんや、涼子《りょうこ》は女《おんな》じゃないか。おまえは女《おんな》か？」

「男《おとこ》だよ。」

「だったら、みの虫《むし》になりなさい。父《とう》さんのいうことがきけないっていうのかっ。」

父《とう》さんのみの虫《むし》はどなった。

そのとき、母《かあ》さんのかたつむりが二階《かい》へあがってきた。

「まあ、父《とう》さん、そのくらいでかんべんしてあげたら？　今日《きょう》は、精一《せいいち》、ちょっとおかしいのよ。さあ、ごはんができたから、父《とう》さんもおりてきてくださいよ。」

「うん、そうか。へんなやつだな、精一《せいいち》は。」

父《とう》さんのみの虫《むし》は、ごそごそと、袋《ふくろ》の中《なか》からでてきた。

その夜《よる》は、みんな、おそくまでおきていて、ちっともねるようすがない。精一《せいいち》は、ねむくなったので、自分《じぶん》の部屋《へや》へいこうとした。

「精一《せいいち》、明日《あした》、木《き》の枝《えだ》や枯《か》れ葉《は》を集《あつ》めてきて、自分《じぶん》の袋《ふくろ》を作《つく》りなさい。」

父《とう》さんのみの虫《むし》がいった。

「だって、明日学校《あしたがっこう》だよ。」

「学校《がっこう》なんかいかなくていい。自分《じぶん》の袋《ふくろ》も作《つく》れないようじゃ、しょうがないだろう。」

「でも……。」

「そんなことじゃ、いつまでたっても、一人前《いちにんまえ》のみの虫《むし》にはなれないぞ。」

「一人前《いちにんまえ》のみの虫《むし》なんかに、なれなくったっていいよ。ぼく、もうねるから。」

精一《せいいち》は、そういいすてて、ふとんにはいった。茶《ちゃ》の間《ま》で、父《とう》さんと母《かあ》さんが、ぼそぼそ話《はな》す声《こえ》が聞《き》こえてきた。

「精一《せいいち》にもこまったもんだな。いくらいってもみの虫《むし》になろうとしないんだから。」

「あの子《こ》、今日《きょう》はへんなのよ。一晩《ひとばん》ねれば、よくなるでしょう。明日《あした》、よくいってきかせなくちゃ。」

精一《せいいち》は、うつらうつらしながら聞《き》いていた。

父《とう》さんと母《かあ》さんは、明日《あした》になれば精一《せいいち》が、みの虫《むし》になるとおもっている。でも、精一《せいいち》は反対《はんたい》に、明日《あした》になれば父《とう》さんも、母《かあ》さんも、ねえちゃんも、もとの姿《すがた》にもどるにちがいないとおもった。

だけど、もう精一《せいいち》は、みの虫《むし》になってもいいなという気《き》もしていた。もし、友子《ともこ》ちゃんがかたつむりになってくれるのなら……。でも、「わたしはなまこになるわ」なんていわれたらどうしよう……。

さそりの井戸《いど》

北《きた》村《むら》　薫《かおる》

夏《なつ》になると、地《ち》にはお豆《まめ》が実《みの》り、夜空《よぞら》にはさそり座《ざ》が輝《かがや》きます。

さきちゃんは、枝豆《えだまめ》のさやを料理用《りょうりよう》の鋏《はさみ》で切《き》りおとしたり、ソラ豆《まめ》を剥《む》いたりするのが好《す》きです。

そういう仕事《しごと》は、台所《だいどころ》に座《すわ》って、広《ひろ》げた新聞紙《しんぶんし》の上《うえ》でやります。脇《わき》に立《た》ったお母《かあ》さんは、包丁《ほうちょう》を使《つか》ったり、魚《さかな》を煮《に》たりしています。

枝豆《えだまめ》を切《き》った夜《よる》には、帽子《ぼうし》をかぶった変《へん》なおじさんが、洞窟《どうくつ》の中《なか》で枝豆《えだまめ》をチョッキン、チョッキンとやっている夢《ゆめ》を見《み》ました。おじさんは、さきちゃんの方《ほう》を向《む》いて、ニヤリと笑《わら》って、いうのです。

——君《きみ》もやるかい？

おかしな夢《ゆめ》です。

ソラ豆《まめ》は、さやの中《なか》のふかふかしたところに触《さわ》るのが、気持《きも》ちいいのです。それを敷布団《しきぶとん》にして、まるで管理《かんり》の行《ゆ》きとどいた工場《こうじょう》で詰《つ》められたみたいに、つやつやした豆《まめ》たちが並《なら》んでいます。ぽこんぽこんと取《と》って、ざるの上《うえ》に置《お》いて小山《こやま》を作《つく》ります。匂《にお》いに色《いろ》はありませんが、これをやった後《あと》の指《ゆび》は、緑色《みどりいろ》の香《かお》りがするようです。

また夏《なつ》が来《き》たと思《おも》います。

お母《かあ》さんは、お豆《まめ》をひとつ取《と》って、さきちゃんに見《み》せます。

「ね、おへそがあるでしょ？」

ソラ豆《まめ》に限《かぎ》ったことではありません。豆《まめ》には、みんな、おへそがあります。お母《かあ》さんは、さやの中《なか》を見《み》せます。

「――ね、こことおへそが繫《つな》がっているんだよ。そうして、さやは枝《えだ》に、枝《えだ》は根《ね》に続《つづ》いている。――赤《あか》ちゃんは、お母《かあ》さんから栄養《えいよう》をもらう。――同《おな》じように、お豆《まめ》も、おへそから生命《いのち》をもらってるんだね。」

お母《かあ》さんもさきちゃんも、食《た》べる時《とき》に、そのお豆《まめ》の生命《いのち》の、元気《げんき》をもらうのです。

食《た》べる豆《まめ》は他《ほか》にもあります。

お母《かあ》さんは、今夜《こんや》はウズラ豆《まめ》を煮《に》ようとしています。そのために、ボウルの中《なか》に水《みず》を張《は》って、豆《まめ》をつけてあります。時間《じかん》が経《た》って、しわしわだった豆《まめ》の肌《はだ》が、若《わか》返《がえ》って来《き》ています。

お母《かあ》さんは、蛍光灯《けいこうとう》の明《あか》るい光《ひかり》の下《した》で、茶色《ちゃいろ》いオパールみたいに、入《い》り組《く》んだ斑《まだら》模様《もよう》の一粒一粒《ひとつぶひとつぶ》を見《み》つめます。そして、いいました。

「綺麗《きれい》だね、……自然《しぜん》の色《いろ》。」

夕刊《ゆうかん》のテレビ番組表《ばんぐみひょう》を見《み》ていたさきちゃんは、お得意《とくい》の聞《き》きまちがいをしました。

「え、――さそりの井戸《いど》？」

さきちゃんが、そういったのにはわけがあります。昨日《きのう》の夜《よる》、寝《ね》る時《とき》に、お母《かあ》さんが宮沢賢治《みやざわけんじ》の童話《どうわ》を話《はな》してくれたのです。

小《ちい》さな電球《でんきゅう》だけにした、薄暗《うすぐら》い部屋《へや》の中《なか》で、お母《かあ》さんがいいました。

「むかしむかし、バルドラの野原《のはら》に……。」

「うん」

「一匹《ぴき》のさそりが住《す》んでいました。――さそりって知《し》ってる？　ヨシナガ・サソリじゃないよ。」

さきちゃんは、薄《うす》いタオルケットをお腹《なか》にかけています。それを、ちょっと引《ひ》き上《あ》げながら、

「吉永《よしなが》なら、小百合《さゆり》でしょ。」

「まあね。こっちは、さそり。」

「エビガニみたいなやつ。」

「そうだね。でも、尻尾《しっぽ》の先《さき》に毒針《どくばり》がついててね、それで刺《さ》すんだよ。」

「ハサミで押《お》さえつけて？」

「だろうねえ。」

ちょっと怖《こわ》い。さきちゃんは、わざといいます。

「――お母《かあ》さん、刺《さ》されたことあるの？」

「ないよ。」

「じゃあ、どうして分《わ》かるの？」

「聞《き》くところによると、そうなんだよ。」

「ふうん。」

「で、まあ、そのさそりがね、お腹《なか》が空《す》くと他《ほか》の虫《むし》を殺《ころ》して食《た》べて生《い》きていたわけ。」

「うん。」

「ところが、ある時《とき》、逆《ぎゃく》にお腹《なか》の空《す》いた、いたちに追《お》いかけられたの。いたちは、まあ、狐《きつね》の兄弟《きょうだい》みたいなものね。それで、さそりも食《た》べられたら大変《たいへん》だから逃《に》げた。──逃《に》げて、逃《に》げて、逃《に》げて、──古井戸《ふるいど》に落《お》ちてしまった。地面《じめん》に口《くち》が、ぽっかり開《あ》いていたんだね。」

「危《あぶ》ないなあ。」

「まったくだね、──それでね、さそりは溺《おぼ》れながら考《かんが》えた。《ああ、神様《かみさま》。わたしは、こうして誰《だれ》の役《やく》にも立《た》たないままに、死《し》んで行《い》くのでしょうか。これなら、いっそ、いたちに食《た》べられていればよかった。そうしたら、いたちは腹《はら》を満《み》たし、今日一日《きょういちにち》を、生《い》き延《の》びたでしょう。神様《かみさま》、わたしは今度生《こんどう》まれて来《く》る時《とき》は、自分《じぶん》のことだけでなく、人《ひと》のために苦《くる》しむようになりたいのです》。……神様《かみさま》は、それを聞《き》いて、さそりを天《てん》に上《あ》げて星《ほし》にしてくださいました。」

お母《かあ》さんは、この物語《ものがたり》が好《す》きなようです。感情《かんじょう》をこめて話《はな》します。

さきちゃんが、聞《き》きました。

「それが、さそり座《ざ》?」

「あ、……まあ、そうかなあ。」

「さそり座《ざ》って、どこにあるの。」

お母《かあ》さんは、首《くび》をひねりながら、

「もうじき、理科《りか》でやるよ。」

「知《し》らないの。」

「うーん、理系《りけい》、苦手《にがて》だったからなあ。星座《せいざ》で分《わ》かるのはオリオンぐらいだなあ。」

オリオンは冬《ふゆ》になると、ちょうど前《まえ》の道《みち》に立《た》った時《とき》、正面《しょうめん》に見《み》えます。お母《かあ》さんが指《ゆび》さして、教《おし》えてくれたことがあります。

「そうなのか。」

「さそり座《ざ》にはアンタレスっていう赤《あか》い星《ほし》が輝《かがや》いているんだ――っていうけど、よく分《わ》からないな。」

「じゃあ、さきが学校《がっこう》で習《なら》って、教《おし》えてあげる。」

「頼《たの》むよ。」

「うん……。」

さきちゃんは、目《め》をつぶりかけて、また開《ひら》きました。

「ねえ……。」

「何《なに》？」

「さそりが、《いたちに食《た》べられた方《ほう》がよかった》と思《おも》うでしょ。」

「うん。」

「神様《かみさま》が、《それじゃあ》っていって、井戸《いど》から上《あ》げて、いたちの目《め》の前《まえ》に置《お》いたら、さそりはどうするんだろう？」

お母《かあ》さんは、困《こま》りました。

「うーん。」

「どうなる？」

「――やっぱり、逃《に》げるんだろうね。」

さきちゃんは、薄暗《うすぐら》い中《なか》で、目《め》をぱちぱちさせました。電気蚊取《でんきかと》りの臭《にお》いが、足元《あしもと》から微《かす》かに漂《ただよ》ってきました。

「……そうしたら、神様《かみさま》は、さそりのこと、《嘘《うそ》つきだ》って怒《おこ》るのかな。」

お母《かあ》さんは、すぐに、さきちゃんに顔《かお》を寄《よ》せていいました。

「――怒《おこ》らないよ。」

本当《ほんとう》は、《それに、神様《かみさま》だったらそんな意地悪《いじわる》なことしないよ》と続《つづ》けたかったのです。でも、この世《よ》ではいろいろなことが、――本当《ほんとう》に信《しん》じられないようなことが——起《お》こります。だから、そういい切《き》る自信《じしん》もなかったのです。ただ、これだけはいってあげたいと、同《おな》じ言葉《ことば》を繰《く》りかえしました。

「怒《おこ》らないよ。」

その次《つぎ》の日《ひ》ですから、さきちゃんが《自然《しぜん》の色《いろ》》を《さそりの井戸《いど》》と聞《き》いたのも、まったく無理《むり》とはいえないのです。

お風呂《ふろ》に入《はい》って、汗《あせ》を流《なが》し、さっぱりとパジャマに着替《きが》えたさきちゃんは、今日《きょう》も布団《ふとん》の上《うえ》に横《よこ》になりました。

寝《ね》る時《とき》にはクーラーを切《き》って、網戸《あみど》にします。外《そと》から、ようやく涼《すず》しくなった風《かぜ》が入《はい》ってきます。

さきちゃんは、いいました。

「ねえ、また、あの話《はなし》して。」

「さそり?」

「うん。」

そういわれては仕方《しかた》がありません。お母《かあ》さんは、話《はな》しはじめました。

「むかしむかし、バルドラの野原《のはら》に、一匹《ぴき》のさそりが住《す》んでいました。」

「うん。」

「さそりは、いつも他《ほか》の虫《むし》を食《た》べていましたが、ある時《とき》、自分《じぶん》がいたちに追《お》いかけられました。」

「うん。」

「あわてて逃《に》げる途中《とちゅう》、古井戸《ふるいど》に転《ころ》げおちてしまいました。」

お母《かあ》さんは、ふと、さきちゃんが昨日《きのう》の話《はなし》をどれぐらい覚《おぼ》えているかな、と思《おも》いました。

――聞《き》いてみることにしました。

「さあ、井戸《いど》に落《お》ちたさそりは、どう思《おも》ったでしょう。」

さきちゃんは、少《すこ》し考《かんが》えてから答《こた》えました。

「――しまった。」

雨《あめ》あがり

竹下《たけした》文子《ふみこ》

もう五日《いつか》も、雨《あめ》がつづいています。

雨靴《あまぐつ》をはいて、透明《とうめい》なビニールのかさをくるくるまわしながら、わたしは坂道《さかみち》をゆっくりおりていました。

人通《ひとどお》りのすくない坂《さか》の両側《りょうがわ》には、お屋敷《やしき》の石塀《いしべい》がつづき、閉《と》じられた門《もん》の内《うち》はしんとして、雨音《あまおと》だけがきこえます。塀《へい》ごしに、道《みち》にかぶさるように枝《えだ》をのばした木々《きぎ》は、うっとうしいほど濃《こ》いみどりにぬれています。

こんなしめっぽい日《ひ》のおつかいは、ちょっぴりゆううつでした。

坂《さか》の途中《とちゅう》の十字路《じゅうじろ》を右《みぎ》に折《お》れようとして、わたしは足《あし》をとめました。たしか、人《ひと》の住《す》んでいない古《ふる》い家《いえ》があったはずの、そのかどに、いつのまにか小《ちい》さなお店《みせ》ができていたからです。

道《みち》に面《めん》したふたつの飾《かざ》り窓《まど》。それにはさまれた低《ひく》い石段《いしだん》と、しゃれた白《しろ》いペンキぬりのドア。のびほうだいの木《き》のかげになって、看板《かんばん》も出《で》ていませんけれど、洋品《ようひん》店《てん》だということはすぐわかりました。すこし暗《くら》い窓《まど》の中《なか》には、淡《あわ》いむらさき色《いろ》のドレスが、ひっそりと飾《かざ》られていました。

ふいに、カランコロン、とドアの鈴《すず》が鳴《な》りました。ほそめにあいたドアから、若《わか》い女《おんな》の人《ひと》が、すべるように出《で》てきました。

飾《かざ》り窓《まど》のとおなじ、青《あお》みがかった淡《あわ》むらさきの、うすくかろやかなドレスを、その人《ひと》は着《き》ていました。とくに目立《めだ》ったところもない、地味《じみ》なデザインなのに、まわりがぽうっとあかるくみえるような、それでいて、雨《あめ》の町《まち》にしっくりととけこんでしまうような、不思議《ふしぎ》な色《いろ》のドレス――。

まるで、今《いま》まで仲《なか》のいい友《とも》だちとおしゃべりでもしていたように、口《くち》もとにかすかなほほえみをうかべて、女《おんな》の人《ひと》はわたしのそばを通《とお》りすぎました。

「あ、まだ降《ふ》ってる……」

すれちがったとき、女《おんな》の人《ひと》は、うれしそうにつぶやきました。そして、はずんだ足《あし》どりで、雨《あめ》にぬれた坂道《さかみち》をのぼっていってしまいました。

そんな人《ひと》を、わたしはそれから何人《なんにん》も見《み》かけたのです。雨《あめ》の日《ひ》、真新《まあたら》しい淡《あわ》むらさきのドレスを着《き》て、楽《たの》しそうに店《みせ》から出《で》てくる女《おんな》の人《ひと》を。どの人《ひと》も、パーティーに出《で》かけるみたいに、顔《かお》をかがやかせていました。

(買《か》わないわ。ちょっと見《み》るだけ。似合《にあ》うかどうか、あててみるだけ)

そう思《おも》って、わたしが店《みせ》のドアを押《お》した日《ひ》も、やっぱり雨《あめ》でした。

カランコロン、とドアの鈴《すず》がひびくと同時《どうじ》に、中《なか》から、ひどく陽気《ようき》なしわがれ声《ごえ》がきこえました。

「おはいり、おはいり! ドアをしめて!」

店《みせ》の中《なか》はうすぐらくて、緑色《みどりいろ》のシェードをかけたランプが、低《ひく》い天井《てんじょう》や壁《かべ》をてらしていました。その奥《おく》の長椅子《ながいす》に、ふとったおばあさんがひとりすわっていました。

「入《はい》ってくるだろうと思《おも》ってたよ。あんた、ここを通《とお》るたびに、窓《まど》のドレスを見《み》ていたものね。」

おばあさんは、ほそい銀《ぎん》ぶちの眼鏡《めがね》ごしにわたしを見《み》ていいました。

「気《き》に入《い》ったんだろう。そりゃあそうだよ。だれだってちょっと着《き》てみたくなる。着《き》てみたら、こんどは外《そと》を歩《ある》きたくなる。雨《あめ》が降《ふ》ってりゃ、なおさらさ。あたしのところの服《ふく》は、みんなそういうふうにできてるんだから。」

おばあさんはゆっくりした動作《どうさ》で立《た》ちあがると、窓《まど》の外《そと》をちらりとのぞきました。

「雨《あめ》はいいねえ。うれしいねえ。たっぷり降《ふ》るといい。草《くさ》も木《き》もよくのびる。」

おばあさんは、ひとりごとのようにそういうと、わたしをふりかえって、にこにこしました。

「あんたに、ちょうど合《あ》うのがあるはずだよ。着《き》てみてごらん。」

壁《かべ》ぎわにかかった、何十《なんじゅう》という淡《あわ》むらさきのドレスをかきわけて、おばあさんは一着《ちゃく》をえらび出《だ》してくれました。それを着《き》て、大《おお》きな鏡《かがみ》の前《まえ》に立《た》ったわたしは、思《おも》わずためいきをつきました。

「どうだね。」

「ええ……とても、すてき。」

おどろくほど手《て》ざわりのやわらかい、軽《かる》い布地《ぬのじ》。そでの長《なが》さ、えりの大《おお》きさまで、みんな寸法《すんぽう》をはかって作《つく》ったようにぴったりだったのです。

わたしは、急《きゅう》に、このまま外《そと》へかけだしていきたくなりました。淡《あわ》むらさきのドレスは、しっとりと雨《あめ》にぬれたら、何倍《なんばい》もきれいにみえるような気《き》がしました。

でも、わたしが簡単《かんたん》に買《か》えるほど、そのドレスは安《やす》くはなかったのです。

「ほしいわ。だけど、お金《かね》たりないの。」

わたしはいいました。

「また来《く》るから、それまで、とっておいてもらえる?」

「そりゃ、かまわないよ。だけどね。」

おばあさんは、考《かんが》えこむようにひたいに指《ゆび》をあてて、壁《かべ》のカレンダーに目《め》をやりました。

「たぶん、近《ちか》いうちに店《みせ》じまいをするんだよ。そうすると、あたしは行《い》ってしまうからね。ま、お天気《てんき》しだいだから、なんともいえないけど、なるべく早《はや》くおいで。」

けれども、わたしが、もらったばかりのお給料《きゅうりょう》を持《も》って、その店《みせ》へとんでいったのは、三日《みっか》もたってからでした。

長《なが》い雨《あめ》がやんで、夏《なつ》を思《おも》わせるまぶしい日《ひ》ざしが、かっと照《て》りつけていました。

ラジオの天気予報《てんきよほう》が、例年《れいねん》よりひと足早《あしはや》い梅雨《つゆ》あけを告《つ》げていました。

そして、坂《さか》の途中《とちゅう》の小《ちい》さな洋品店《ようひんてん》は、あとかたもなく消《き》えていたのです。

わたしがみつけたのは、古《ふる》い空家《あきや》の荒《あ》れた庭《にわ》に、一輪《りん》だけ枯《か》れのこった淡《あわ》むらさきのアジサイの花《はな》と——ゆっくり枝《えだ》をはっていく一匹《ぴき》のカタツムリだけでした。

電《でん》信《しん》柱《ばしら》に花《はな》が咲《さ》く

杉《すぎ》みき子《こ》

となりのおばさんが、町会《ちょうかい》からのお知《し》らせの印刷物《いんさつぶつ》をおいていった。

――お母《かあ》さん、お知《し》らせだって。

少女《しょうじょ》が台所《だいどころ》へ持《も》っていくと、母親《ははおや》は手《て》をふきふき受《う》けとって、さっと目《め》をとおす。

――ええと、電力会社《でんりょくがいしゃ》から、作業停電《さぎょうていでん》のお知《し》らせ……ああ、電柱《でんちゅう》を建《た》てかえるのね。

――停電《ていでん》があるの？　いつ？

――あさってだって。時間《じかん》は、午前《ごぜん》九時《じ》から午後《ごご》四時《じ》まで。そうか、昼間《ひるま》だから、冷蔵庫《れいぞうこ》さえ気《き》をつければいいわね。

――どこの電柱《でんちゅう》、建《た》てかえるの。

――ここに略図《りゃくず》があるわ。ええと、ここがこの道《みち》で、建《た》てかえるのは丸《まる》じるしの電柱《でんちゅう》と……あら！

――どしたの？

――ここのだわ。うちの横《よこ》の、この電柱《でんちゅう》よ。ほら、すぐそこの。

母親《ははおや》は、窓《まど》からゆびさした。

——ふうん。この電柱《でんちゅう》、なくなるの？

——ここに、そう書《か》いてあるわ。木《き》の柱《はしら》がみんな古《ふる》くなったから、すこしずつ、コンクリートの柱《はしら》に建《た》てかえるんだって。

読《よ》みおえた印刷物《いんさつぶつ》を状《じょう》さしにはさんで、母親《ははおや》はそのままなにか考《かんが》えていたが、ふと顔《かお》をあげて、妙《みょう》な文句《もんく》を口《くち》ずさんだ。

——角《かど》のカッコがおよめに行《い》けば、電信柱《でんしんばしら》に花《はな》が咲《さ》く。

少女《しょうじょ》は、あっけにとられて母親《ははおや》の顔《かお》を見《み》た。

——なあに、それ。

——お母《かあ》さんたちが子《こ》どものころね、あんまりおてんばな女《おんな》の子《こ》がいると、よくそう言《い》って悪口《わるくち》言《い》われたものよ。だれとかさんがおよめに行《い》けば、電信柱《でんしんばしら》に花《はな》が咲《さ》く、って。

——電信柱《でんしんばしら》に、なんで花《はな》が咲《さ》くの？

――あのねえ、電信柱《でんしんばしら》に花《はな》なんか咲《さ》きっこないでしょ。だからさ、おてんばな女《おんな》の子《こ》が、もしちゃんとおよめに行《い》ければ、それは、電信柱《でんしんばしら》に花《はな》が咲《さ》くくらい、ふしぎなことだっていうわけ。つまり、「そんなにおてんばだと、およめに行《い》けないぞ」っていう悪口《わるくち》よ。

――ああ、そうか、おもしろーい。だけど、角《かど》のカッコって、だれよ。

――角《かど》の家《いえ》の和子《かずこ》。角《かど》のカッコ。だーれだ。

――角《かど》の家《いえ》のカッコ……和子《かずこ》……あ、なあんだ、お母《かあ》さんのことかあ。

――うふん。

――へーえ、お母《かあ》さん、そんなにおてんばだったの。

――まあね。

そこで、母親《ははおや》は話《はな》してきかせた。

近《ちか》くの竹《たけ》やぶへ探検《たんけん》に行《い》って、まいごになったこと。

男《おとこ》の子《こ》とビー玉《だま》やなわとびをしても、めったに負《ま》けなかったこと。

学校《がっこう》でも家《いえ》の近所《きんじょ》でも、かけっこはいつも一番《いちばん》だったこと。

木《き》のぼりがとくいだったこと。

――そうそう、木《き》のぼりっていえばね……。

すぐ近所《きんじょ》に、同級生《どうきゅうせい》の男《おとこ》の子《こ》がいたが、この子《こ》が、あくたれ小僧《こぞう》どものリーダー格《かく》で、なにかというと女《おんな》の子《こ》にわるさをしかける。えんぴつや消《け》しゴムをかくしたり、とおりすがりにツイと髪《かみ》の毛《け》を引《ひ》っぱったり、鬼《おに》ごっこのとき、わざとぶつかってころばせたり。

ある日《ひ》も、学校《がっこう》からの帰《かえ》り、この子《こ》がうしろからかけてきて、右手《みぎて》にさげていた手《て》さげ袋《ぶくろ》を、あっというまにひったくって逃《に》げだした。すぐに追《お》っかけたが、曲《ま》がり角《かど》で見失《みうしな》い、きょろきょろさがしながら家《いえ》の近《ちか》くまで帰《かえ》ってくると、小路《こうじ》の奥《おく》にあの子《こ》が立《た》っていて、あかんべえをする。手《て》にはなにも持《も》っていない。

どこへかくしたのか、と見《み》まわすまでもなく、手《て》さげ袋《ぶくろ》のあざやかな黄色《きいろ》が、まっすぐ目《め》についた。角《かど》の電柱《でんちゅう》の、目《め》よりもずっと高《たか》いところにひっかかって。

――それで、のぼったの、お母《かあ》さん。

――うん。ちゃんと足場《あしば》があるものね、電気工事《でんきこうじ》の人《ひと》がのぼっていくときの。あら、でも、そんなことしちゃだめよ。お母《かあ》さんのは、むかしだからしょうがないけど。

――わかった、わかった。それで、どうしたの。

――だから、のぼるのはわけなかったけど、おりるほうがあんがいこわいのね。ふつうの木《き》のほうが、かえって楽《らく》なのよ。手《て》さげ袋《ぶくろ》をはずして、足場《あしば》をさぐりさぐりおりてきたら、もうすこしのところで足《あし》をふみはずしてね。一メートルくらいのところから、落《お》っこっちゃった。手《て》はすりむくし、スカートはやぶれるし、もうたいへん。

そのうえ、落《お》ちたはずみに足《あし》くびをひねって、しばらく立《た》ちあがれないでいると、男《おとこ》の子《こ》はさすがにおどろいたらしく、「しーらんぞ、しーらんぞ」とわめきながら、いちもくさんに逃《に》げていってしまった。

結局《けっきょく》、足《あし》くびはねんざということで、医師《いし》の治療《ちりょう》を受《う》け、あくる日《ひ》は学校《がっこう》を休《やす》まねばならないはめになる。

——欠席《けっせき》とどけをだすとき、ちゃんと理由《りゆう》を書《か》いたから、あの子《こ》、きっと先生《せんせい》にしかられたと思《おも》うわ。いい気味《きみ》だと思《おも》ったけど、なんだか、ちょっとかわいそうな気《き》もしたわね。電柱《でんちゅう》にのぼらせられたのはあの子《こ》のせいだけど、落《お》っこちたのはあの子《こ》の責任《せきにん》じゃないもの。

その夕《ゆう》がた、たいくつしながら、ひとりでるすばんをしていると、玄関《げんかん》でなにかコトコト音《おと》がする。だれかお客《きゃく》が来《き》たのかと、大声《おおごえ》で返事《へんじ》をしながら出《で》ていってみれば、だれもいない。しかし、ガラス戸《ど》ごしに、ふっと遠《とお》ざかる人影《ひとかげ》らしいものが見《み》えたので、気《き》になって、たたきへおりてみた。

片足《かたあし》をかばいながらサンダルをはくのに手間《てま》どって、ようやく戸《と》をあけてみると、道路《どうろ》の右《みぎ》にも左《ひだり》にも、人影《ひとかげ》らしいものは見《み》あたらない。気《き》のせいだったのかな、と思《おも》いながら、なにげなく角《かど》の電柱《でんちゅう》のほうを見《み》て、思《おも》わず目《め》をみはった。赤《あか》や黄《き》や白《しろ》のあざやかな色彩《しきさい》が、電柱《でんちゅう》のかげから、ちらとのぞいている。いそいで近寄《ちかよ》ってみると、電柱《でんちゅう》のちょうど目《め》の高《たか》さのあたりに、深《ふか》い木《き》のひびわれができていて、そこに、小菊《こぎく》や雪《ゆき》やなぎやえにしだなどをごちゃごちゃにたばねた、にわかづくりの花《はな》束《たば》がさしこんであった。小《ちい》さな花束《はなたば》だったが、それはまるでお祭《まつ》りでも来《き》たようにはなやかに見《み》えたのである。

——あのいじめっ子《こ》があやまりに来《き》て、勇気《ゆうき》がなくてとうとう家《いえ》へはいれなかったんだって、すぐわかったわ。でも、よくよくてれくさかったとみえて、あくる日《ひ》、学校《がっこう》へ行《い》って顔《かお》を合《あ》わせても、まだ強情《ごうじょう》になんにも言《い》わないの。こっちもしゃくだから、知《し》らん顔《かお》してたけどね。

それからはときどき、あの電柱《でんちゅう》の裂《さ》け目《め》に、小《ちい》さな花束《はなたば》がさしこんであった。こちらはだまってそれを取《と》ってきて、机《つくえ》にかざる。しかし、男《おとこ》の子《こ》は、そんなことをくりかえしながら、いっぽうでは、からかったりいたずらしたりのほうも、いっこうに変《か》わらなかったのだからおかしい。まるで、片方《かたほう》で好意《こうい》をしめしていれば、片《かた》方《ほう》でわるさをしても充分《じゅうぶん》つりあうのだと、ちゃっかりきめこんでいるようだった。

しかし、そのうちに月日《つきひ》は流《なが》れ、ふたりともだんだん成長《せいちょう》して、やがて中学生《ちゅうがくせい》になるころには、この花《はな》のプレゼントも、ばったりとだえる。さらに別々《べつべつ》の高校《こうこう》へ進《すす》むようになると、ほかの友《とも》だちをもふくめて、子《こ》どものころのつきあいはほとんどなくなり、かれが大学《だいがく》を終《お》えて就職《しゅうしょく》したというようなことも、遠《とお》いうわさとして聞《き》くだけだった。

そんなある日《ひ》、まったくとつぜんに、角《かど》の電柱《でんちゅう》にふたたび花《はな》が咲《さ》いたのである。こんどは花《はな》の数《かず》もずっとふえ、美《うつく》しいセロファン紙《し》につつんで、赤《あか》いリボンをむすんで。

――わあ、それ、あのいじめっ子《こ》だったの。

――もちろん、そうよ。

――じゃ、またその子《こ》に会《あ》ったの。

――ええ、会《あ》ったわ。とってもね。

母親《ははおや》が、なぜかくすっとわらったとき、玄関《げんかん》の戸《と》があいて、「ただいま」と声《こえ》がした。

——ほら、いじめっ子《こ》のお帰《かえ》りだわ。

すまして言《い》う母親《ははおや》の顔《かお》を見《み》て、少女《しょうじょ》は一瞬《いっしゅん》、きょとんとしたが、すぐ気《き》がついて、はじけるようにわらいだした。

——なあんだ、お父《とう》さんかあ、いじめっ子《こ》って!

あくる朝《あさ》、出勤《しゅっきん》のために家《いえ》を出《で》た父親《ちちおや》は、ふと角《かど》の電柱《でんちゅう》を見《み》て、目《め》をまるくした。作業用《さぎょうよう》の足《あし》くぎのひとつに、紅白《こうはく》のつつじを糸《いと》にとおした花輪《はなわ》が、祝《いわ》いごとでもあるように、はなやかにぶらさがっていたのである。

——なんだ、これ、おまえが作《つく》ったのかい。

ふりむくと、少女《しょうじょ》はわらって、

——あのね、お母《かあ》さんがおよめに行《い》けたお祝《いわ》い。それからね、この電柱《でんちゅう》、あした

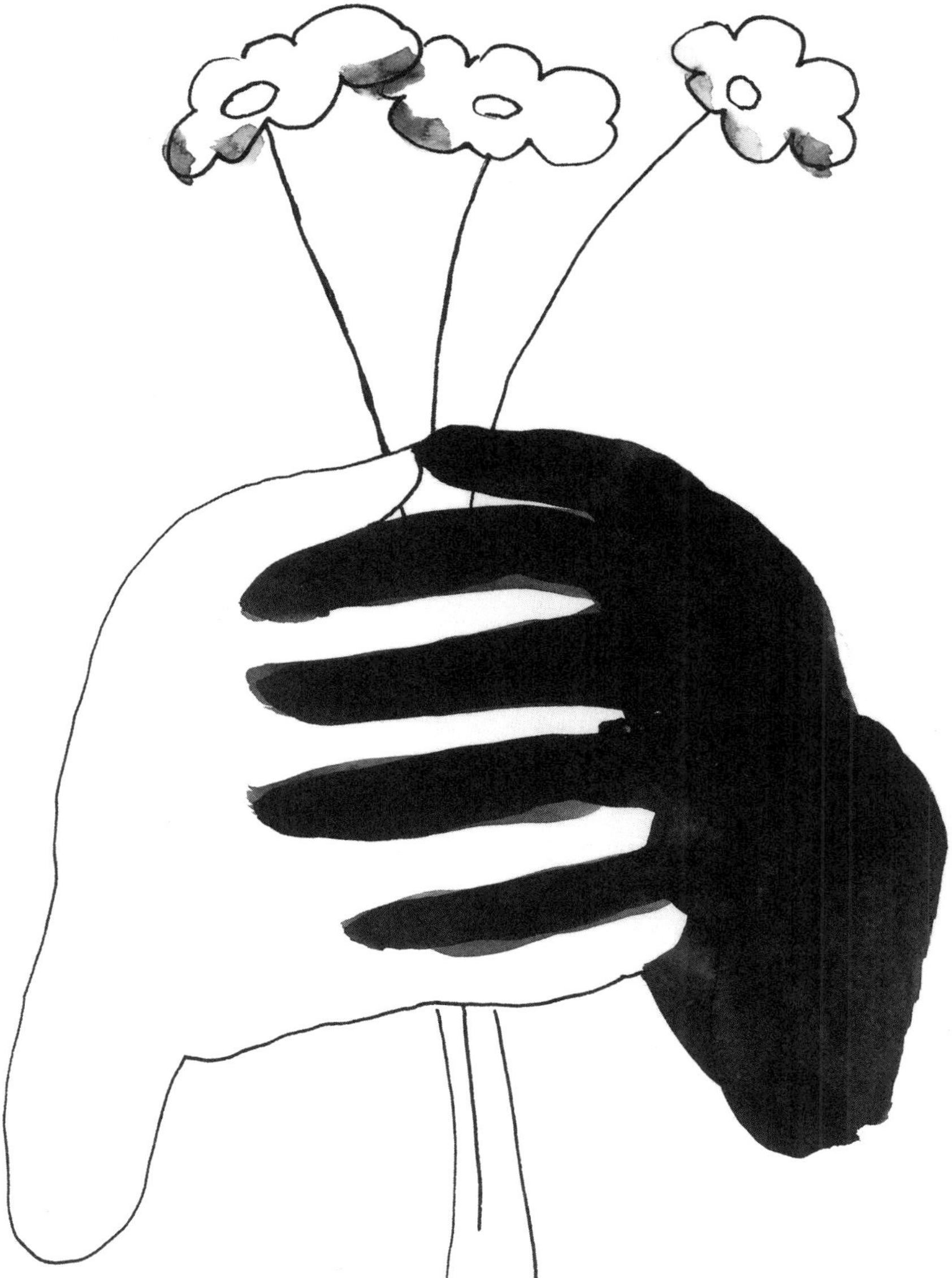

はもうなくなるんだから、最後《さいご》のお祭《まつ》りをしてあげたの。
そして、ランドセルを背《せ》にかけだしながら、小声《こごえ》でつけたした。
——角《かど》のカッコがおよめに行《い》って、電信柱《でんしんばしら》に花《はな》が咲《さ》く。

七月・文月・ふみづき

教《きょう》科《か》書《しょ》

松永《まつなが》伍《ご》一《いち》

ぼくらの
教《きょう》科《か》書《しょ》は
サイタ
サイタ
サクラガ
サイタ
ではじまりました
日本《にほん》の小学《しょうがく》一年生《ねんせい》は
みんな
サイタ
サイタ
サクラガ
サイタ
でした

おかげで
ほんとのサクラのことを
わすれていました
花《はな》がちって
青葉《あおば》がでて
七月《がつ》になると
戦争《せんそう》が
はじまりました
兵隊《へいたい》サンが
死《し》にました
——サクラの花《はな》のように
国《くに》のために
戦死《せんし》されたのです
と校長先生《こうちょうせんせい》が
話《はな》されました

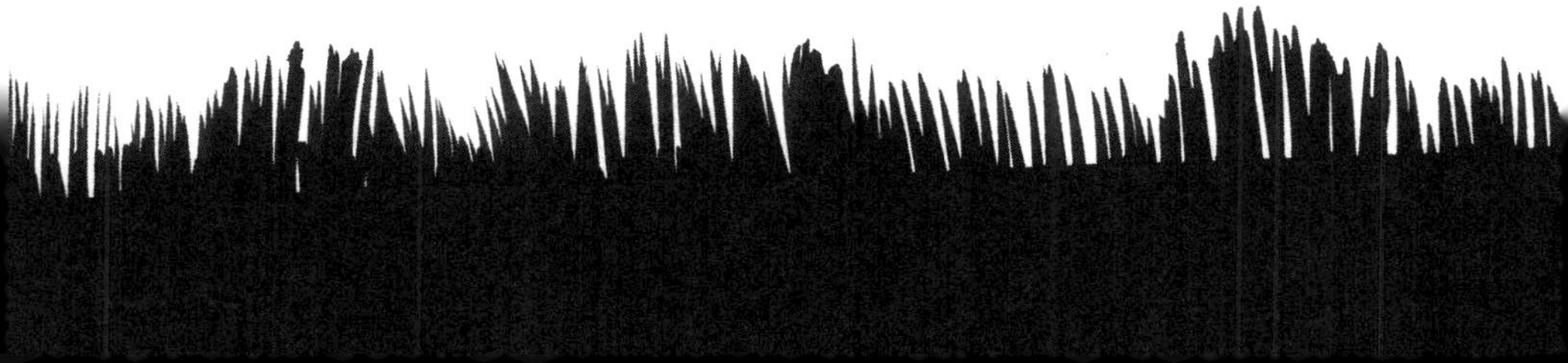

夏《なつ》の雨《あめ》
きらりきらりと
降《ふ》りはじむ

日《ひ》野《の》草城《そうじょう》

のんのんばあ

水《みず》木《き》しげる

生《う》まれたときのことや、三歳《さい》ぐらいまでのことは、あまりおぼえていない。母《はは》の話《はなし》によると、ものがいえない子《こ》どもではないかと心配《しんぱい》していたところ、四歳《さい》ぐらいではじめてことばを発《はっ》したという。

その記念《きねん》すべきさいしょのことばは、「ネンコンババ」という呪文《じゅもん》めいたことばだった。「クソをしたのはオレではない、ネコだ」という意味《いみ》である。すなわち、その歳《とし》でも、赤《あか》んぼうのようにクソを自由《じゆう》かってにしていたらしい。だから、知恵遅《ちえおく》れの子《こ》どもとして育《そだ》てられ、小学校《しょうがっこう》も一年遅《ねんおく》らされて入学《にゅうがく》したほどだった。からだのほうは、一年《ねん》くらい進《すす》んでいたが。

二歳年上《さいとしうえ》の兄《あに》も、二歳年下《さいとしした》の弟《おとうと》も幼稚園《ようちえん》に行《い》っているが、オレだけは行《い》ってないところをみると、もう幼児《ようじ》のころから、両親《りょうしん》にはあまり期待《きたい》されていなかったのだろう。

いまから五十年《ねん》ほどむかし、オレが子《こ》どもだったころは、境港《さかいみなと》あたりでは、神仏《しんぶつ》に仕《つか》えたりする人《ひと》のことをのんのんさんといっていた。その人《ひと》がおばあさんなら、のんのんばあさんとよばれることになるわけだ。

その、略《りゃく》してのんのんばあが、どうしたわけか、子《こ》どものとき、いつもオレの家《いえ》にきていた。

のんのんばあは、年中行事《ねんちゅうぎょうじ》、つまり七夕《たなばた》とかお盆《ぼん》とか、祭《まつ》りとかいったものについてよく知《し》っていて、いろいろな話《はなし》を聞《き》かせてくれた。

七夕《たなばた》のときは、どこからともなくササをもってきて、自分《じぶん》もたのしみながら、ササに紙《かみ》をむすんだりして、空《そら》を指《ゆび》さして、七夕《たなばた》の説明《せつめい》をしてくれた。

「むかし、天《てん》に機《はた》を織《お》る織姫《おりひめ》がおったげな（そうな）。まいにち、まじめに機《はた》を織《お》っていたが、あまりじょうずなので、天《てん》の王様《おうさま》がほうびのつもりで、織姫《おりひめ》を牛飼《うしか》いといっしょにさせたげな。

すると、織姫《おりひめ》は機《はた》を織《お》る仕事《しごと》をなまけるようになったげな。

天《てん》の王様《おうさま》はおこって、天《あま》の川《がわ》という大《おお》きな川《かわ》をへだててふたりを分《わ》けたげな。しかし、ふたりは夫婦《ふうふ》だから、年《ねん》に一度《ど》、七月《がつ》の七日《なのか》にはふたりを会《あ》えるようにしたげな。

しかし、天《あま》の川《がわ》は、雨《あめ》が三つぶふっても大洪水《だいこうずい》になるくらいだから、雨《あめ》がふればふたりは会《あ》えないことになったげな。」

といったような話《はなし》だったが、オレはいつも、銀《ぎん》の川《かわ》のような天《あま》の川《がわ》のふしぎな景色《けしき》を想像《そうぞう》し、鼻《はな》の穴《あな》をふくらませて、だまって空《そら》をながめていたものだ。

のんのんばあは夫《おっと》の「拝《おが》み手《て》」とよばれるじいさんとふたりいっしょに、オレの家《いえ》から百《ひゃく》メートルほどはなれた、小《ちい》さな道《みち》の奥《おく》にある、四畳半二間《じょうはんふたま》の家《いえ》に住《す》んでいた。拝《おが》み手《て》というのは拝《おが》んで病気《びょうき》をなおす人《ひと》という意味《いみ》で、病人《びょうにん》を救《すく》う仏様《ほとけさま》である薬師如来《やくしにょらい》の代理人《だいりにん》ということである。のんのんばあは、その代理人《だいりにん》に仕《つか》えているというわけだ。

島根半島《しまねはんとう》に一畑薬師《いちはたやくし》という近在《きんざい》に有名《ゆうめい》な寺《てら》があり、拝《おが》み手《て》のじいさんはそこから番茶《ばんちゃ》の煮《に》だしたようなものをビールびんに入《い》れて持《も》ち帰《かえ》ってくる。それが小《ちい》さな家《いえ》のなかの大《おお》きな祭壇《さいだん》の中央《ちゅうおう》に置《お》かれているのだ。

この番茶《ばんちゃ》は、よく腐《くさ》らないなとおもうのだが、腐《くさ》るどころか、万病《まんびょう》にきくというのである。

すこし頭《あたま》がいたいと、その番茶《ばんちゃ》をこめかみにゆっくりとこすりつける。また、目《め》がトラホームになっても、やはりその番茶《ばんちゃ》を目《め》にぬるだけでなおる。

なおる、というより、その番茶《ばんちゃ》を祈《いの》りながらつけるから、なんとなくなおった気《き》になったのだろう。そんなわけだから、番茶《ばんちゃ》で病気《びょうき》をなおすということにはなっていたが、じっさいには、お客《きゃく》が来《き》たのを見《み》たことはほとんどなかった。

じいさんとばあさんは、食《く》えなくなると、米《こめ》ぶくろをさげて、一軒《けん》一軒《けん》、巡礼《じゅんれい》みたいなかっこうで米《こめ》をもらいに歩《ある》いていた。

のんのんばあは、むかし、オレの家《いえ》の女中《じょちゅう》をしていたらしいが、そのころでは、ときどき来《き》て米《こめ》をすこしもらっていくといった生活《せいかつ》をしていた。

まもなく、拝《おが》み手《て》のじいさんが死《し》ぬと、さびしいのか、ときどき、オレの家《いえ》の台《だい》所《どころ》で泊《と》まったりするようになった。

そうしたときに、「のんのんばあと寝《ね》る」といって、オレはいっしょに寝《ね》たものだが、話《はな》すことは、いつもお化《ば》けの話《はなし》だった。のんのんばあは、年中行事《ねんちゅうぎょうじ》のほかにも、お化《ば》けとかふしぎな話《はなし》とかもよく知《し》っていたのだ。

うす暗《ぐら》い台所《だいどころ》の天井《てんじょう》のしみを見《み》ては、あれは、夜《よる》、寝静《ねしず》まってから「天井《てんじょう》なめ」というお化《ば》けが来《き》てつけるのだ、とまじめな顔《かお》をしていう。天井《てんじょう》をよくみると、なるほど、それらしいシミがある。疑《うたが》う余地《よち》はない。

また、海《うみ》が荒《あ》れて、浜《はま》から波《なみ》の音《おと》が聞《き》こえてくる夜《よる》には、こんな話《はなし》もしてくれた。

「むかし、米子《よなご》の近《ちか》くに、草相撲《くさずもう》をとる、強《つよ》い男《おとこ》がおったげな。

ある日《ひ》のこと、米子《よなご》の町《まち》まで用《よう》があって出《で》かけたが、帰《かえ》りはもう夜《よる》になっとった。

ふと海《うみ》を見《み》ると、沖《おき》のほうに星《ほし》みたいに光《ひか》るものがおる。

『なんかなあ』

とおもって見《み》ているうちに、それはしだいに近《ちか》づいてきた。よーく見《み》ると、胴《どう》まわりが小《ちい》さなたらいほどある杭《くい》のような形《かたち》の一《ひと》つ目《め》の化《ば》け物《もの》が、海《うみ》の上《うえ》をのたりのたりと歩《ある》いて行《い》くげな。

どうなることかと見《み》とるうちに陸《りく》に上《あ》がってきて、その力《ちから》の強《つよ》い男《おとこ》に、もたれかかってきた。男《おとこ》は力自慢《ちからじまん》だったから、化《ば》け物《もの》がもたれかかるとどうじに組《く》みついて、押《お》したおそうとしたが、どっこいそうはいかぬ。

全体《ぜんたい》がぬるぬるしてつかみどころがない。

男《おとこ》は疲《つか》れて精根《せいこん》つきはてたが、化《ば》け物《もの》のほうもだんだん弱《よわ》ってきたようなので、いまひと押《お》ししてみると化《ば》け物《もの》はたおれてしまった。

男《おとこ》は自分《じぶん》の帯《おび》をといて、化《ば》け物《もの》をひっくくると、引《ひ》きずって家《いえ》まで帰《かえ》り、入《い》り口《ぐち》のカキの木《き》にくくりつけてそのまま寝《ね》てしまったげな。

あくる朝《あさ》になって、村《むら》の人《ひと》がそれを見《み》てびっくり、たちまちおおぜいの見物《けんぶつ》が集《あつ》まったが、このものの名前《なまえ》を知《し》っとる人《ひと》はひとりもおらんかったげな。

ところが、九十歳《さい》ばかりの古老《ころう》が、

『これは海坊主《うみぼうず》というものじゃ、人《ひと》さえ見《み》ればもたれかかり、からだの油《あぶら》のぬるぬるしたのをなすりつけようとするんじゃ。きっと、からだがかゆいんだろう』と話《はな》したげな。」

のんのんばあのそういう話《はなし》に、ザワザワという遠雷《えんらい》のような波《なみ》の音《おと》がオレの家《いえ》の前《まえ》の海《うみ》から伴奏《ばんそう》となって聞《き》こえてくるから、オレは直接《ちょくせつ》、海坊主《うみぼうず》に会《あ》ったような気《き》持《も》ちになった。

また、遠《とお》くのほうに行《い》ったりすると、「子取《ことり》坊主《ぼうず》」というのがいて、子《こ》どもをさらってどこかへ持《も》っていってしまうとか、天気《てんき》のよいのに雨《あめ》がふるときは、「キツネの嫁入《よめい》り」が山《やま》のなかのどこかで行《おこな》われているとかいった話《はなし》をのんのんばあは熱心《ねっしん》にするのだった。

オレの家《いえ》の近《ちか》くの下《しも》の川《かわ》という川《かわ》にそって一キロばかり行《い》くと、松林《まつばやし》のなかに、むかし、病院《びょういん》だったという小《ちい》さな建物《たてもの》があった。そのころは、だれも住《す》んでいなくて、病院小屋《びょういんごや》とよばれていた。

たぶん、「子取《こと》り坊主《ぼうず》」はあそこらに住《す》んでいて子《こ》どもを取《と》るのだろうと、オレは、牛《うし》がいちど食《た》べた草《くさ》をもう一度胃《どい》から出《だ》して食《た》べなおすように、のんのんばあの話《はなし》を反《はん》すうしながら、場所《ばしょ》をかってにあてはめて頭《あたま》のなかにおもい描《えが》いていた。

七月《がつ》の卵《たまご》

江《え》國《くに》香《か》織《おり》

きょう、ひさしぶりにむかあっとした。むかあっとして、その途端目《とたんめ》の前《まえ》のものの輪郭《りんかく》がぼやけて、色《いろ》だけが怖《こわ》いくらい鮮《あざ》やかに浮《う》きあがった。むかあっとすると、いつもそうなる。音《おと》がなんにもきこえなくなって、頭《あたま》の回転《かいてん》が静止《せいし》して、たぶん、内側《うちがわ》で一瞬《いっしゅん》死《し》ぬんだと思《おも》う。即死《そくし》。残酷《ざんこく》だな。ゲロゲロのパー。私《わたし》はもう何度《なんど》も死《し》んでいる。

きょうも死《し》んで（死《し》ぬ間際《まぎわ》に見《み》たのは音楽室《おんがくしつ》の机《つくえ》、溝《みぞ》にたまった消《け》しゴムのかす、それから自分《じぶん》の上履《うわば》きと靴下《くつした》）、頭《あたま》の中《なか》に濁《にご》り水《みず》がたまったみたいになって、隣《となり》の席《せき》の上原《うえはら》さんに声《こえ》をかけられた時《とき》は、吐《は》きそうになった。上原《うえはら》さんが悪《わる》いわけじゃないけど、車《くるま》に酔《よ》った時《とき》に体《からだ》に触《さわ》られると吐《は》きそうになるのとおんなじ。大丈夫《だいじょうぶ》？って上原《うえはら》さんは言《い》った。うん、ってこたえたけど、全然大丈夫《ぜんぜんだいじょうぶ》じゃなかった。

だから早退《そうたい》した。お日様《ひさま》は頭《あたま》の真上《まうえ》。私《わたし》の黄色《きいろ》い帽子《ぼうし》を照《て》らしている。頭《あたま》があつい。蒸《む》し焼《や》きになる。ふつう、この帽子《ぼうし》を被《かぶ》るのは一年生《ねんせい》のあいだだけだ。二年生《ねんせい》にも何人《なんにん》かいるけれど、私《わたし》みたいに四年生《ねんせい》になって被《かぶ》っている人《ひと》は他《ほか》にいない。ランドセルもそう。みんな、いつのまにか手提《てさ》げ鞄《かばん》とか、バックパックとか、キルティングの巾着《きんちゃく》とか、思《おも》い思《おも》いに持《も》っている。私《わたし》は、そういうのが苦手《にがて》。くたびれた帽子《ぼうし》と、マグネットの壊《こわ》れたランドセルのほうが気《き》が楽《らく》。

暑《あつ》い。暑《あつ》い。私《わたし》はうつむいて歩《ある》く。ああ、気持《きも》ちが悪《わる》い。音楽《おんがく》の田所《たどころ》は、暑苦《あつくる》しい髪《かみ》をしたヒステリックな若《わか》い女《おんな》。ああ、むかつく。道《みち》のわきの干上《ひあ》がったどぶに、片足《かたあし》を落《お》としながらぎくしゃく歩《ある》く。右側《みぎがわ》の空《あ》き地《ち》は草《くさ》がぼうぼうで、息苦《いきぐる》しい匂《にお》い。バラ線《せん》の下《した》から、ぺんぺん草《ぐさ》やつゆ草《くさ》がはみだしている。日《ひ》ざしで乾《かわ》いた土《つち》に触《さわ》ると、ぽそっと崩《くず》れて爪《つめ》に入《はい》った。

あ。つゆ草《くさ》の根元《ねもと》に卵《たまご》。

やっぱり、と思《おも》った。むかあっとした日《ひ》はかならず卵《たまご》を拾《ひろ》う。半年前《はんとしまえ》から、これで七つ目《め》だ。私《わたし》は、ところどころにうす茶色《ちゃいろ》のしみのある、その小《こ》ぶりの卵《たまご》を拾《ひろ》ってポケットにいれた。手《て》のひらにざらっとする殻《から》の感触《かんしょく》、スカートの右《みぎ》にこっぽりとまるい重《おも》み。私《わたし》はついでにつゆ草《くさ》を手折《たお》り、どぶから足《あし》をぬいて普通《ふつう》に歩《ある》く。帽《ぼう》子《し》の庇《ひさし》が、ちょうどまつ毛《げ》の上《うえ》に影《かげ》をおとす。横断歩道《おうだんほどう》を渡《わた》ると、マンションはもう目《め》の前《まえ》だ。管理人《かんりにん》のおじさんが水《みず》を撒《ま》いたらしくて、アスファルトが黒々《くろぐろ》と濡《ぬ》れている。でも、水《みず》は日《ひ》の光《ひかり》にあたためられて、生《なま》ぬるい湯気《ゆげ》になってもやもやと立《た》ちのぼる。余計暑《よけいあつ》いみたい。

ガラスの扉《とびら》を押《お》して中《なか》に入《はい》ると、急《きゅう》に暗《くら》くなって何《なに》も見《み》えない。冷房《れいぼう》でひえた空《くう》気《き》が、汗《あせ》をかいた肌《はだ》に一度《ど》にあつまってくる。外《そと》の物音《ものおと》は全然《ぜんぜん》きこえない。暗闇《くらやみ》にフェニックスの鉢植《はちう》え。私《わたし》はエレベーターにのる。にぎりしめた手《て》の中《なか》で、つゆ草《くさ》がしなびかけていた。手《て》のひらに緑色《みどりいろ》の汁《しる》。

気分悪《きぶんわる》いから早退《そうたい》した、と言《い》ったら、おばあちゃんは、そうかい、とだけ言《い》った。リビングでテレビをみている。黒《くろ》いT《ティー》シャツに、格好《かっこう》の悪《わる》いベージュのスラックス。ちゅうっと口《くち》をとがらせて、小《ちい》さなみかんを食《た》べている。私《わたし》もおばあちゃんも、夏《なつ》に食《た》べる温室《おんしつ》みかんが好《す》き。皮《かわ》が薄《うす》くて、実《み》が小《ちい》さくて、匂《にお》いが強《つよ》くて生意気《なまいき》な感《かん》じ。食《た》べる？　とおばあちゃんが訊《き》き、着替《きが》えてくる、と言《い》って、私《わたし》は自分《じぶん》の部屋《へや》にひきあげた。

机《つくえ》のひきだしをあけると、タオルを敷《し》いた上《うえ》に卵《たまご》が三個《こ》。私《わたし》は、さっき拾《ひろ》ったぶんをポケットからだして、その中《なか》に置《お》いた。四つの卵《たまご》。一《ひと》つずつ手《て》にとって眺《なが》め、点検《てんけん》する。まっ白《しろ》のやつに小《ちい》さなヒビが入《はい》っていた。ヒビは卵《たまご》のまんなかへん、お腹《なか》のあたりにぴしっと縦《たて》に、わりと太《ふと》く入《はい》っている。今夜《こんや》あたり、孵《かえ》るかもしれない。これはたしか、吉祥寺《きちじょうじ》のおばちゃんにむかあっとした日《ひ》の卵《たまご》だ。お母《かあ》さんのことを、すごく悪《わる》く噂《うわさ》した。ひろこさんもあれねえ、おとなしいけれど男好《おとこず》きのする顔《かお》してたから――。

お母《かあ》さんがいなくなってから半年《はんとし》になる。夫婦喧嘩《ふうふげんか》の声《こえ》がしなくなったから、夜《よる》よく眠《ねむ》れていいよ、とおばあちゃんは言《い》う。音沙汰《おとさた》なしは無責任《むせきにん》だ、あいつには母《はは》親《おや》の自覚《じかく》がない、とお父《とう》さんは言《い》う。私《わたし》は、何《なに》も言《い》わない。

そのままどんよりと昼寝《ひるね》をした。目《め》がさめると夕方《ゆうがた》で、したに降《お》りるとおばあちゃんがお米《こめ》をといでいた。台所《だいどころ》から涼《すず》し気《げ》な音《おと》。ざく、ざく、しゃっ、しゃっ。

ざく、ざく、ざく、ざく。昼寝《ひるね》のあとは手足《てあし》が怠《だる》い。

「みかん、そこにあるよ。」

テレビはもう消《き》えていた。しんとしたリビング。

「学校《がっこう》でいじめられてるの？」

お米《こめ》をとぎながら、後《うし》ろを向《む》いたままおばあちゃんは訊《き》く。

「別《べつ》に。」

転校《てんこう》したっていいんだよ、とおばあちゃんは言《い》う。お父《とう》さんだって、きっとあたしとおなじ意見《いけん》だよ。

「平気《へいき》。」

私《わたし》はみかんをむいた。清潔《せいけつ》な匂《にお》い。そうかい、と言《い》っておばあちゃんは黙《だま》る。鳩《はと》時計《どけい》がかちかちいっている。

「とだなにビスケットも入《はい》ってるよ。」

「……おばあちゃん。」

お小遣《こづか》いちょうだい、と私《わたし》は言《い》った。ほんの少《すこ》し間《ま》があって、いいよ、と、おばあちゃんはこたえる。

「いいよ。また鳥《とり》カゴを買《か》うの？」

鳥《とり》もいないのに、とおばあちゃんは言《い》わない。私《わたし》はうなずいた。

「鳥《とり》カゴ、好《す》きなんだもん。」

「……八月《がつ》になったら」

あいかわらず後《うし》ろを向《む》いたまま、おばあちゃんは言《い》った。

「八月《がつ》になったら、お父《とう》さん夏休《なつやす》みがとれるからね。」

うん、とだけ、私《わたし》はこたえた。

ビスケットの箱《はこ》を持《も》って自分《じぶん》の部屋《へや》に戻《もど》ると、白《しろ》い卵《たまご》のヒビがたくさんになっていた。細《こま》かい、震《ふる》えるようなヒビ。孵化《ふか》だ。私《わたし》はその卵《たまご》をとりだして、そうっと机《つくえ》の上《うえ》に置《お》く。

かさかさと、乾《かわ》いたかすかな音《おと》がする。内側《うちがわ》から、殻《から》をひっかくような音《おと》。私《わたし》は息《いき》をつめる。窓《まど》から弱《よわ》い西日《にしび》が入《はい》って、卵《たまご》にうっすら陰《かげ》ができている。

しゃりっ。

細《ほそ》い指《ゆび》が殻《から》を壊《こわ》す。しゃりしゃり、しゃり。鋭角的《えいかくてき》なかけらになって落《お》ちる白《しろ》い殻《から》。はじめに手《て》が、それから腕《うで》、頭《あたま》、肩《かた》につづいて体《からだ》が現《あらわ》れる。最後《さいご》に、よいしょ、という風《ふう》に殻《から》をまたいで、吉祥寺《きちじょうじ》のおばちゃんが無事《ぶじ》に孵《かえ》った。全長約《ぜんちょうやく》六センチ。

「かわいい。」

私《わたし》は、おばちゃんを手《て》のひらにのせた。おばちゃんは、見馴《みな》れた小豆色《あずきいろ》の紗《しゃ》の着《き》物《もの》を着《き》ている。

「ごめんね。おばちゃんのカゴ、まだ買《か》ってないの。」

部屋《へや》の隅《すみ》にならんでいる三《みっ》つの鳥《とり》カゴを目《め》の端《はし》で見《み》ながら、私《わたし》はおばちゃんに謝《あやま》った。一《ひと》つ目《め》のカゴには三組《くみ》の香川《かがわ》くんが、二《ふた》つ目《め》のカゴにはエレクトーンの先《せん》生《せい》が、そうして三《みっ》つ目《め》のカゴにはお母《かあ》さんが入《はい》っている。

「しばらく同居《どうきょ》で我慢《がまん》してね。」

私《わたし》は、おばちゃんをお母《かあ》さんとおんなじカゴに入《い》れた。

「まああ、お義姉《ねえ》さん」

お母《かあ》さんはカゴの中《なか》で深々《ふかぶか》と頭《あたま》を下《さ》げる。

「御無沙汰《ごぶさた》してしまって申《もう》し訳《わけ》ありません。」

それにこんな格好《かっこう》で、と言《い》ってそわそわしているお母《かあ》さんは、薄茶色《うすちゃいろ》のサマーニットに紺《こん》のフレアースカートをはいている。

「まあ、ひろこさん。こちらこそ御無沙汰《ごぶさた》しちゃって。」

おばちゃんも頭《あたま》を下《さ》げている。ばかみたい。二人《ふたり》とも、自分《じぶん》の立場《たちば》が全然《ぜんぜん》わかっていない。私《わたし》はお母《かあ》さんをくしゃくしゃにまるめることも、おばちゃんをトイレに流《なが》しちゃうこともできるのに。

でも、まあいいや。今《いま》はまだいい。私《わたし》は机《つくえ》の上《うえ》にティッシュをひろげ、その上《うえ》でビスケットをこなごなに砕《くだ》いた。

「ごはんですよ。」

香川《かがわ》くんのカゴをあけて、プラスチックの餌入《えさい》れにビスケット屑《くず》を入《い》れる。エレクトーンの先生《せんせい》の餌入《えさい》れにも、お母《かあ》さんとおばあちゃんの餌入《えさい》れにも――。

「お水《みず》もとりかえてあげますからね。」

私《わたし》がそう言《い》った時《とき》、ノックの音《おと》がしておばあちゃんが顔《かお》をだした。

「何《なに》してるの、電気《でんき》もつけないで。」

鳥《とり》カゴをならべてままごとかい、とおばあちゃんは訊《き》く。もう本物《ほんもの》のごはんにするから手伝《てつだ》いに来《き》てちょうだい。それからビスケット、ちゃんと片《かた》づけないと蟻《あり》がくるよ。

「……はあい。」

私《わたし》は言《い》い、のろのろと立《た》ちあがる。死《し》んだつゆ草《くさ》が一本《ぽん》、足元《あしもと》におちている。

だれも知《し》らない

灰《はい》谷《たに》健《けん》次《じ》郎《ろう》

麻理子《まりこ》が一日《にち》のうち、外《そと》へ出《で》て道《みち》を歩《ある》くのは、四百《よんひゃく》メートルほどだ。おかあさんと家《いえ》を出《で》て、中村《なかむら》さん宅《たく》の角《かど》をまわり、ふとん屋《や》さん、靖子《やすこ》ねえさんのやっている喫茶店《きっさてん》、仕出《しだ》し屋《や》さんの前《まえ》を通《とお》って、海《うみ》の見《み》えるひろっぱに出《で》る。製《せい》パン工場《こうじょう》のビルを横《よこ》に見《み》て、草花《くさばな》のすきなはるみおばさんの家《いえ》の前《まえ》を通《とお》ると、もう大通《おおどお》りだ。大《おお》通《どお》りには工場《こうじょう》があって、鉄《てつ》を打《う》つ音《おと》が一日《にち》やかましかった。

八時《じ》四十五分《ふん》きっちりに通学《つうがく》バスがくる。それに乗《の》って麻理子《まりこ》はM《エム》養護《ようご》学校《がっこう》に行《い》く。帰《かえ》りはその逆《ぎゃく》で、片道《かたみち》二百《にひゃく》メートルほどを往復《おうふく》するから、麻理子《まりこ》が一日《にち》のうち外《そと》を歩《ある》く距離《きょり》は四百《よんひゃく》メートルほどというわけだ。

麻理子《まりこ》がおかあさんといっしょに家《いえ》を出《で》るのは八時《じ》である。バスストップに八時《じ》四十分《ぷん》につくから、二百《にひゃく》メートルを四十分《ぷん》かかって歩《ある》くことになる。

麻理子《まりこ》はM《エム》養護《ようご》学校《がっこう》の六年生《ねんせい》だったが、麻理子《まりこ》のような子《こ》どもを理解《りかい》しない人《ひと》には、麻理子《まりこ》は、すこし大《おお》きなあかんぼうのようにしか見《み》えない。麻理子《まりこ》は小《ち》さいときの病気《びょうき》がもとで、筋肉《きんにく》の力《ちから》がふつうの人《ひと》の十分《ぶん》の一くらいしかない。麻理子《まりこ》はしゃべるとき正確《せいかく》に発音《はつおん》できないから、麻理子《まりこ》のような子《こ》どもを知《し》らない人《ひと》には、麻理子《まりこ》はうーうーとか、あーあーとしかいえない子《こ》どもとしてしかうつらない。

歩《ある》くときは、ふつうの人《ひと》の十倍《ばい》の力《ちから》をださないといけないわけだから、麻理子《まりこ》が歩《ある》いているときのかっこうは、うんとはげしいおどりをおどっているようなのである。

麻理子《まりこ》が歩《ある》いていると、いろいろな人《ひと》がいろいろなことをいうのだった。

「たいへんでございますね。」

「麻理《まり》ちゃん、がんばってね。」

「ご苦労《くろう》さま。」

おかあさんにも麻理子《まりこ》にも、はっきりききとれる声《こえ》の人《ひと》は、そんなようなことをいった。ふたりに、よくききとれない声《こえ》の人《ひと》は、

「おぶってやればいいじゃないか。」

「あれじゃ日《ひ》が暮《く》れる。」

などといった。

おかあさんをかなしませ、けっして麻理子《まりこ》にきかせたくないことばをはく人《ひと》もあった。

「気味《きみ》わるい。」

「あんな子《こ》、なにが楽《たの》しみで生《い》きてるのやろ。」

二百《にひゃく》メートルを四十分《ぷん》もかかって歩《ある》く子《こ》は、なんにも楽《たの》しみがないと思《おも》うらしかった。麻理子《まりこ》は二百《にひゃく》メートルを歩《ある》くあいだに、四回休《かいやす》むのである。

一回目《かいめ》は仕出《しだ》し屋《や》さんの庭《にわ》の前《まえ》。二回目《かいめ》は海《うみ》の見《み》えるひろっぱ。三回目《かいめ》ははるみおばさんの花壇《かだん》の前《まえ》、そしてバスストップである。

休《やす》む場所《ばしょ》も休《やす》む時間《じかん》も、きちんときまっていた。

喫茶店《きっさてん》の靖子《やすこ》ねえさんは、モーニングサービスの看板《かんばん》をかけるのを、麻理子《まりこ》の通《つう》学《がく》の時間《じかん》にあわせてくれる。

「麻理《まり》ちゃん。おはよう。」

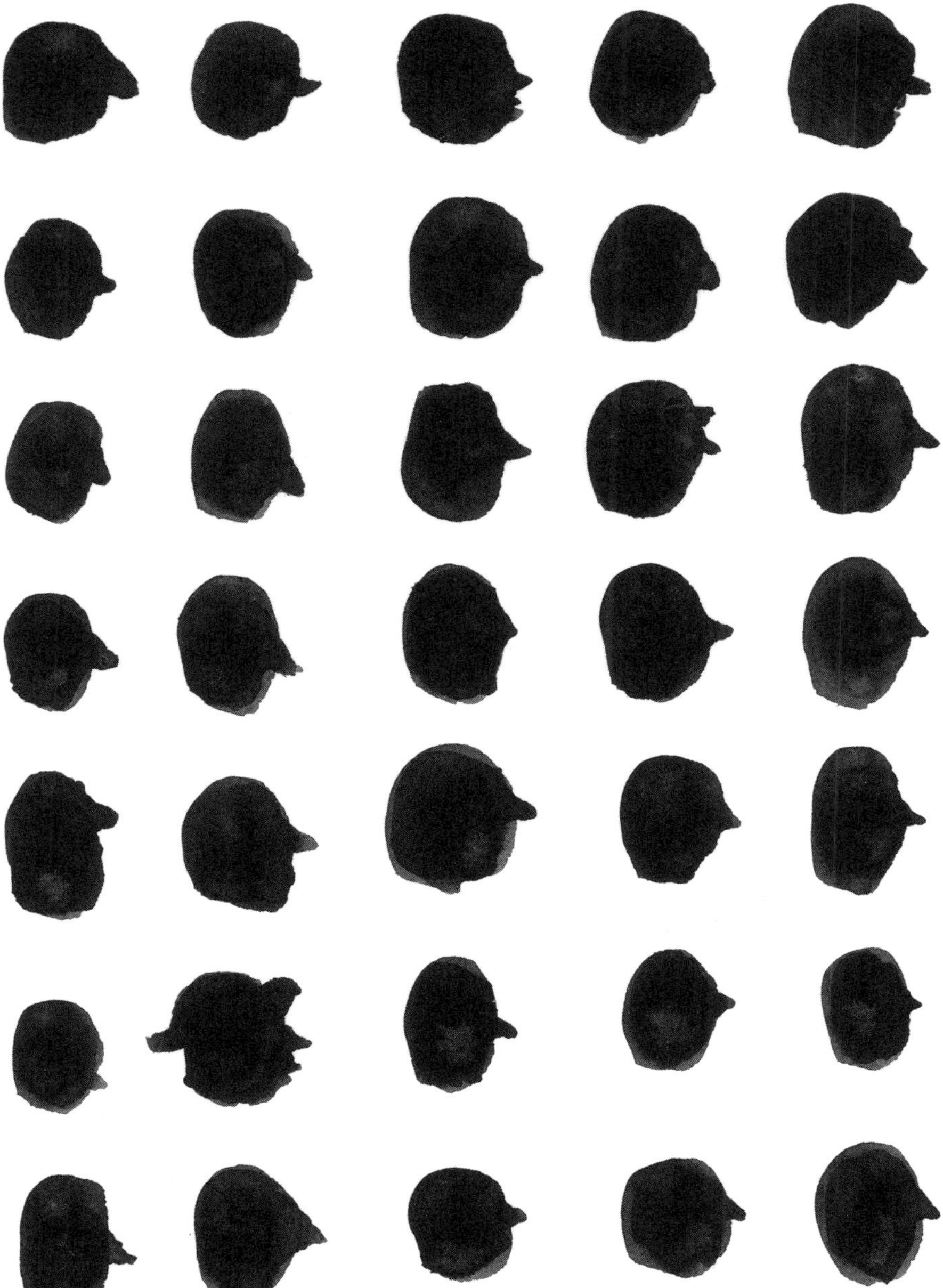

靖子《やすこ》ねえさんは明《あか》るい声《こえ》でいって、それから看板《かんばん》をかける。

「靖子《やすこ》ねえちゃん。おはよう。」

麻理子《まりこ》も返事《へんじ》をかえす。麻理子《まりこ》のような子《こ》どもを知《し》らない人《ひと》には、麻理子《まりこ》の返事《へんじ》は、ただ、あーあーとしかきこえなかった。

靖子《やすこ》ねえさんは、看板《かんばん》をかけ終《お》えても、しばらく麻理子《まりこ》を見送《みおく》ってくれた。

「麻理《まり》ちゃん、がんばってね。」

靖子《やすこ》ねえさんはそういってから、店《みせ》にはいる。

仕出《しだ》し屋《や》さんの庭《にわ》の前《まえ》にくると、麻理子《まりこ》は一回目《かいめ》の休《やす》みをとった。

仕出《しだ》し屋《や》さんの庭《にわ》には、たいていネコのクロがいた。

麻理子《まりこ》はクロにも朝《あさ》のあいさつをする。

「ゴロゴロニャーン。」

と鳴《な》くときは、クロのきげんのよいときである。きげんのわるいときは、クロのからだの調子《ちょうし》のよくないときである。

クロは仕出《しだ》し屋《や》さんに飼《か》われているので、肉《にく》やさかなのごちそうを食《た》べすぎては、からだをこわすのである。

そんなとき、麻理子《まりこ》は、

「ほらほら。」

といって、庭《にわ》のすみのクマザサの葉《は》をクロにあげるのだった。クマザサの葉《は》を食《た》べた翌日《よくじつ》は、たいてい、

「ゴロゴロニャーン。」

と鳴《な》いてくれるので、麻理子《まりこ》はクロが元気《げんき》を回復《かいふく》したことを知《し》るのである。

クロは麻理子《まりこ》におかえしもしてくれるのである。クロがしきりに顔《かお》を洗《あら》うと（ほんとうはひげのよごれをとっているのだが）、その日《ひ》は雨《あめ》の降《ふ》ることがおおかった。

「クロ、行《い》ってきます。」

と麻理子《まりこ》はいって、それで一回目《かいめ》の休《やす》みは終《お》わりである。

すこし歩《ある》くと海《うみ》が見《み》える。おかあさんはほっとして海《うみ》を見《み》るのだった。麻理子《まりこ》も

海《うみ》がすきなので、海《うみ》を見《み》ると、やっぱりほっとするのである。

淡路島《あわじしま》や四国《しこく》に行《い》く船《ふね》が見《み》えるときもあったが、たいていはタンカーがゆうゆうと通《とお》ってゆく。

「大《おお》きくなったら麻理子《まりこ》は外国《がいこく》へ行《い》くかナ。」

と、おかあさんは話《はな》しかけた。

「もちろん。」

と、麻理子《まりこ》はこたえた。

「麻理子《まりこ》が大《おお》きくなったら、麻理子《まりこ》も外国《がいこく》へ行《い》けるような、きっとそんな世《よ》の中《なか》になっているよ。」

と、おかあさんははげますのである。

海《うみ》をすこし見《み》て、麻理子《まりこ》は二回目《かいめ》の休《やす》みを休《やす》む。

そこはひろっぱのはしで、すこしだけ、かん木《ぼく》がはえている。

麻理子《まりこ》はいそいそとすわりこむ。

運《うん》がよければ、ハチのしゃぼん玉《だま》ふきが見《み》られるのだった。

そのころのハチは、朝《あさ》つゆで元気《げんき》いっぱいなのである。木《き》にとまっていても、ひくひく腰《こし》を動《うご》かして、なんだかとてもうれしそうなのだった。そんなとき、ハチはしゃぼん玉《だま》をふくのだった。小《ちい》さくてかわいらしいしゃぼん玉《だま》をぷーと口《くち》からふくのであった。ハチは、体内《たいない》のよぶんな水分《すいぶん》をそうして外《そと》へ出《だ》しているのかもしれないのだが、そばで見《み》るとしゃぼん玉《だま》をふいているように見《み》えるのである。

「あっ、ふいた！」

麻理子《まりこ》はよろこんで手《て》をたたく。麻理子《まりこ》のような子《こ》どもを知《し》らない人《ひと》は、麻理子《まりこ》の手《て》がゆらゆらしているだけなので、麻理子《まりこ》が拍手《はくしゅ》をしたことに気《き》がつかないのである。

ハチのしゃぼん玉《だま》は朝日《あさひ》をうけて、七色《いろ》にかがやくのだった。

「ふふふ……。」

と、おかあさんがわらった。

「なに。」

「去年《きょねん》の夏《なつ》のことを思《おも》いだしたよ。」

「ああ、あのこと……。」

こんどは麻理子《まりこ》が、ふふふ……とわらった。

去年《きょねん》の夏《なつ》のある日《ひ》、やっぱり麻理子《まりこ》はハチのしゃぼん玉《だま》ふきを見《み》ていた。

そこへ少年《しょうねん》が四、五人《にん》よってきた。

「なんや。」

麻理子《まりこ》はだまって、ハチを指《ゆび》さした。

「なんや、ハチやないか。」

そういって、そのうちのひとりが持《も》っていた竹《たけ》の棒《ぼう》で、ひょいとハチをつついたのだ。

おこったハチが少年《しょうねん》をおそった。悲鳴《ひめい》をあげて少年《しょうねん》はむちゃくちゃに手足《てあし》をふりまわしはじめた。ハチはいっせいに少年《しょうねん》たちをおそったのである。

麻理子《まりこ》はおかあさんになにかいった。おかあさんはうなずいて、それから少年《しょうねん》たちにいった。

「そこへしゃがみなさい。手足《てあし》を動《うご》かさないでじっとしてなさい。」

少年《しょうねん》たちはおかあさんのことばに耳《みみ》をかさずに、大声《おおごえ》をあげてにげだしたのだ。

少年《しょうねん》たちはそれぞれ五つ、六つは刺《さ》されたことだろう。

毎日《まいにち》、ハチを見《み》ている麻理子《まりこ》は、ハチに刺《さ》されたことはない。

話《はな》しかけてくる人間《にんげん》を、ハチはぜったいに刺《さ》さないことを麻理子《まりこ》は知《し》っている。

動《うご》かないものをハチがおそうこともぜったいにないのである。

知《し》れば友《とも》だちになれるのに——麻理子《まりこ》はにげていく少年《しょうねん》たちを見《み》ながら、そうつぶやいた。

「行《い》くよ、麻理子《まりこ》。」

おかあさんはそういいながら立《た》ち上《あ》がった。

二回目《かいめ》の休《やす》みがすんだ。

海《うみ》を見《み》ながら歩《ある》くと、じき、製《せい》パン工場《こうじょう》だ。パン工場《こうじょう》に近《ちか》づくといいにおいがする。

つーんとすいこむとおなかの中《なか》まで、あまくなるような気《き》がする。

「おかあさん。いま、ジャムパンを焼《や》いているよ。」

「そうみたいだね。」

麻理子《まりこ》はにおいで、ジャムパンか食《しょく》パンかわかるのである。ときどき、はずれるときがあるけれど、それは風邪《かぜ》をひいているときだ。

「オッス。麻理《まり》ちゃん。」

パン工場《こうじょう》の職人《しょくにん》さんが声《こえ》をかけてくれるときがある。

「おはようさん。」

麻理子《まりこ》もあいさつをする。パン工場《こうじょう》の職人《しょくにん》さんには、麻理子《まりこ》の声《こえ》がちゃんと、おはようさんにきこえるのだ。

パン工場《こうじょう》のいいにおいがほのかになると、はるみおばさんの家《いえ》の前《まえ》だった。

はるみおばさんは、麻理子《まりこ》のおかあさんの姉《あね》である。としが十五歳《さい》もちがうので、どうかすると、おばあさんのように感《かん》じるときがある。はるみおばさんはおっとりしていて、草花《くさばな》を育《そだ》てるのが趣味《しゅみ》なのである。

「おやおや、麻理《まり》ちゃん。」

と、毎日《まいにち》会《あ》っているのにひさしぶりに会《あ》ったようなものの いい方《かた》をする。

麻理子《まりこ》が三回目《かいめ》の休息《きゅうそく》をするとき、はるみおばさんはたいてい草花《くさばな》の世話《せわ》をしている。いまはマツバボタンがまっさかりなのだ。赤《あか》、紫《むらさき》、黄《き》、白《しろ》と、色《いろ》とりどりのマツバボタンが、こぼれるように咲《さ》いていた。

「麻理《まり》ちゃんもマツバボタンのような人間《にんげん》にならんとあきませんよ。」

はるみおばさんは、マツバボタンが咲《さ》くころになるときまってそういうのである。

「こんなに気《き》どらない花《はな》もめずらしいのよ、ねえ、麻理《まり》ちゃん。ほら、こんなにきれいな花《はな》を咲《さ》かせるのに、マツバボタンはがまん強《づよ》いのよ。知《し》っている？　やせ地《ち》でも、かんかんでりの日《ひ》がつづいても、そんなことちっとも気《き》にしないでいつでもきれいな花《はな》を咲《さ》かせてくれるのよ。えらいヮ。麻理《まり》ちゃんもマツバボタンのように強《つよ》い人間《にんげん》になってちょうだいよ。」

はるみおばさんの話《はなし》をきいていると、マツバボタンは強《つよ》いだけの花《はな》みたいだが、麻理子《まりこ》は、マツバボタンがとてもこまやかな花《はな》であることを知《し》っている。

マツバボタンは雨天《うてん》のときとかひどい曇天《どんてん》のときは花《はな》びらがひらかない。晴天《せいてん》のときほど、いきいきと反応《はんのう》するのである。

麻理子《まりこ》はここでも朝《あさ》のあいさつをする。

「おはようさん。」

麻理子《まりこ》はそういって左《ひだり》から、そっと一本《ぽん》のおしべにさわる。すると、残《のこ》りのおしべがいっせいに左《ひだり》をむくのである。

右《みぎ》からさわると、みんな右《みぎ》をむく。ほんとうにふしぎな花《はな》なのである。

「ふふふ……。」

と麻理子《まりこ》はわらって、こんどはおしべを上《うえ》からさわる。すると、おしべはみんなまん中《なか》に集《あつ》まるのだ。

はじめて麻理子《まりこ》が、おしべのむきを変《か》えたとき、はるみおばさんはぎょうてんした。

「まあー。」

はるみおばさんはしばらく声《こえ》がでなかった。

「キヨコ、たいへんだよ。」

キヨコというのは麻理子《まりこ》のおかあさんの名前《なまえ》である。

「この子《こ》は超能力《ちょうのうりょく》の持主《もちぬし》だよ。まあ、たいへん、ちょっと手《て》でふれただけなのに、おしべがみんなこの子《こ》のほうをむくんだよ。こんなことってあるかしら。」

はるみおばさんはそういったけれど、これはだれがやっても、そうなるのである。

麻理子《まりこ》がそれをはるみおばさんに教《おし》えてあげると、

「そんなことを発見《はっけん》するなんて、この子《こ》は大天才《だいてんさい》だよ、ほんとに――。」

と、こんどは天才《てんさい》にされてしまった。

麻理子《まりこ》は、マツバボタンのおしべにふれて朝《あさ》のあいさつをかわしているときが、いちばんさわやかだった。

たった二百《にひゃく》メートルたらずの道《みち》のりを歩《ある》いてきただけなのに、いっぱい友《とも》だちに会《あ》ってきたような気《き》がするのだ。

マツバボタンとあいさつをしているとき、そんな気分《きぶん》が最高潮《さいこうちょう》になる。

麻理子《まりこ》はみちたりた気持《きも》ちになり、大通《おおどお》りに出《で》る。

大通《おおどお》りはもう車《くるま》がいっぱいだった。

ネクタイのまがりをなおしながら、あたふたとかけていくサラリーマンがいる。

ねむそうな目《め》をして、ふきげんそうに歩《ある》く学生《がくせい》もいる。

泣《な》いている子《こ》を、引《ひ》きずっていく母親《ははおや》もいる。

麻理子《まりこ》と麻理子《まりこ》のおかあさんは、そんな人《ひと》たちをさきにやりながら、二百《にひゃく》メートル四十分《ぷん》の速度《そくど》を変《か》えないで、一歩《ぽ》一歩《ぽ》、歩《ある》いていくのだった。

百《ひゃく》まいめのきっぷ

たかどのほうこ

その女《おんな》の子《こ》は、週《しゅう》に一度《ど》、市電《しでん》にのってでかけました。春《はる》も夏《なつ》も、秋《あき》も冬《ふゆ》も、いつもおなじカバンをさげて。カバンには、ピアノのがくふがはいっていました。ピアノなんか、べつにすきではないのですが、いくのがもうあたりまえになっているので、水曜日《すいようび》がくるたびに、けいこにでかけていくのです。

女《おんな》の子《こ》の帰《かえ》り道《みち》には、小《ちい》さなひみつがありました。女《おんな》の子《こ》は、わざと、かしわ町《まち》どまりの電車《でんしゃ》にのりました。おりるところは、かしわ町《まち》より二《ふた》つ先《さき》の、おほり町《まち》でしたから、ほんとうなら、かしわ町《まち》どまりの電車《でんしゃ》は、やりすごしたっていいのです。けれど、それにのると、おりるときに、のりかえきっぷをもらうことができるのでした。のりかえきっぷというのは、まだ先《さき》へいく人《ひと》が、つぎにきた電車《でんしゃ》に、お金《かね》をはらわずにのれる券《けん》なのです。でも、女《おんな》の子《こ》は、もう電車《でんしゃ》になんかのりません。家《いえ》まであるいて帰《かえ》るのです。

そのとちゅうに、一列《いちれつ》にならんだ、ニセアカシアの並木《なみき》がありました。はじから七ばんめの木《き》が、とくべつの木《き》でした。その木《き》のみきには、ぽかりとあいた、うろがあるのです。そのうろは、笑《わら》ったときの口《くち》のかたちに、そっくりでした。その中《なか》に、そっときっぷをいれるのが、女《おんな》の子《こ》のひみつでした。

いちばんはじめに、女《おんな》の子《こ》が、かしわ町《まち》どまりの電車《でんしゃ》にのったのは、わざとではなくて、うっかりしていたからでした。そのときはじめてもらった、うすもも色《いろ》ののりかえきっぷが、あまりきれいだったので、つかうのがおしくなりました。だから思《おも》いきって、あるいて帰《かえ》ることにしたのです。七ばんめの木《き》が、自分《じぶん》に笑《わら》いかけていると思《おも》ったのは、そのときのことでした。女《おんな》の子《こ》は、ふしぎなような、うれしいきもちになって、自分《じぶん》も笑《わら》いかけながら、木《き》にちかづいていきました。するど、なにかいいことをささやいてみたくなりました。

女《おんな》の子《こ》は、ちょっとつまだちをすると、ぽかりとあいたうろの上《うえ》に、うすもも色《いろ》ののりかえきっぷをかざし、ひらひらとふって、いいました。

「ねえねえ、このきっぷ、きれいでしょう？　ほんもののきっぷよ。ちゃんと電車《でんしゃ》にのれるのよ。でもね、あたしはのらないんだ……ふふ。」

すると、まるでスーイとすいこまれていくように、きっぷは、うろの中《なか》に消《き》えていったのです。

「あら、まあ……！」

そのとたん、ニセアカシアの、まるい小《ちい》さなはっぱが、うれしそうに、さわさわ、ちらちら……と、ゆれました。なんともいいきもちがしました。

そのときから、七ばんめの木《き》のうろに、きっぷをいれるのが、女《おんな》の子《こ》のひみつの楽《たの》しみになったのです。

女《おんな》の子《こ》は、うろの中《なか》にきっぷをいれたあと、きまって、こっそりたずねました。

「きっぷが百《ひゃく》まいたまったら、そしたら、いったいなにをする？」

女《おんな》の子《こ》は、百《ひゃく》まいたまったら、なにかすてきなことがおこるような気《き》がして、しかたなかったのです。

でもやがて、女《おんな》の子《こ》は、遠《とお》くの町《まち》へひっこしていきました。

フーコは、今年《ことし》の夏休《なつやす》み、はじめてひとりで、お母《かあ》さんの生《う》まれた町《まち》にきていました。もう三年生《さんねんせい》だったし、むかし、お母《かあ》さんの家《いえ》だったおほり町《まち》の家《いえ》には、今《いま》、しんせきのおばさんが住《す》んでいて、フーコをむかえてくれたからです。

ある日《ひ》フーコは、電車《でんしゃ》にのって、おばさんのおつかいにでかけました。ひとりでこの町《まち》の電車《でんしゃ》にのるのは、はじめてでした。だから、とてもきんちょうしていたのです。それなのに、用事《ようじ》をすませて帰《かえ》るときになると、フーコは、ついほっとして、きた電車《でんしゃ》に、すぐにとびのってしまいました。

しばらくすると、車《しゃ》しょうさんがいいました。

「この電車《でんしゃ》は、かしわ町《まち》どまりです。先《さき》へいかれる方《かた》は、のりかえきっぷを、うけとってください」

（いけない……かしわ町《まち》どまりの電車《でんしゃ》は、とちゅうまでしかこないからねって、おばさんがいってたんだ……）

おほり町《まち》までゆくフーコは、ちょっとドキドキしながら、のりかえきっぷをもらいました。きっぷは、きれいな水色《みずいろ》の、長細《ながほそ》い紙《かみ》でした。電車《でんしゃ》をおりたフーコは、きっぷをながめながら、かんがえました。

(もし、ここからあるいて帰《かえ》ったら、そしたら、このきっぷ、もらっちゃえるのよねえ……)

その日《ひ》は、すずしい風《かぜ》のふく、きもちのいい日《ひ》でした。フーコは、思《おも》いきってあるきだしました。

小《ちい》さな緑《みどり》のはっぱがちらちらとそよぐ、ニセアカシア並木《なみき》の横《よこ》をあるいていたときです。何本《なんぼん》もの木《き》の中《なか》の、ある一本《ぽん》が、なぜかフーコの目《め》をひきました。フーコは、その木《き》にちかづいていって、みきを見《み》あげました。

「まあ、笑《わら》ってるみたい……」

みきが二本《ほん》に分《わ》かれる、その分《わ》かれめのところに、ぽっかりした、口《くち》のようなうろがあるのでした。フーコは、うれしくなりました。そして、なぜということもなくつまだちをすると、もっていた水色《みずいろ》ののりかえきっぷを、うろのところで、ひらひらとふってみたのでした。

するとどうしたわけか、指《ゆび》のあいだからきっぷがすべってゆくのです。そしてまるで、スーイとすいこまれるように、きっぷはうろの中《なか》に消《き》えていったのでした。

さわさわ……ちらちら……ニセアカシアのはっぱがゆれました。フーコは、ふしぎな気《き》がして、ちょっとあとずさりしました。

そのとき、フーコの耳《みみ》は、かすかな音《おと》をききました。

コトコト、ゴッ、ゴッ、ゴットン
ゴゴ、ゴゴ、ピポー、ゴゴ

音《おと》は、少《すこ》しずつ大《おお》きくなりました。それはたしかに、木《き》の中《なか》でおこる音《おと》でした。

そしてまもなく、それはそれはきみょうなしわがれ声《ごえ》がしたのです。

キップハ、ヒャクマイ
ハッパモ、ヒャクマイ
ヒャクマイソロッテ、タビニデル

フーコは目《め》をみはりました。口《くち》のかたちのそのうろが、しゃべったように見《み》えたからです。と、どうでしょう。うろの中《なか》から、ついさっきフーコがいれた、水色《みずいろ》のきっぷが顔《かお》をだしたと思《おも》ったら、やがてそのあとから、いろんな色《いろ》の古《ふる》びたきっぷが、一列《いちれつ》につながって、つぎつぎと、あらわれてきたではありませんか。

ゴゴ、ゴゴ、ゴオーッ、ピポーッ

それは、何両《なんりょう》も何両《なんりょう》もある、きっぷでできた電車《でんしゃ》でした。どの車両《しゃりょう》も、外《そと》にでてくるたびに、ニセアカシアのはっぱを、一まいずつ、お客《きゃく》さんのようにのせました。

そして、空《そら》にむかって、のぼっていくのです。

キップハ、ヒャクマイ
ハッパモ、ヒャクマイ
ヒャクマイソロッテ、タビニデル

木《き》のうろは、そういいながら、楽《たの》しそうに電車《でんしゃ》をふきだしつづけました。
とうとう、さいごの一まいが、木《き》の中《なか》からでてきました。それは、うすもも色《いろ》のきっぷでした。フーコは、青《あお》い空《そら》のかなたへと、つながってとんでゆく、きっぷの電車《でんしゃ》を、いつまでもながめていました。

そのころ、フーコのお母《かあ》さんは、庭《にわ》でせんたくものをほしていました。せんたくひもには、ハンカチやらタオルやら、エプロンやらシャツやらが、一列《いちれつ》に、ズ

ラーッとならんでいきます。

「まるで、長《なが》い電車《でんしゃ》みたいになっちゃった！」

と、お母《かあ》さんはいって、ひたいをぬぐいながら、空《そら》を見《み》あげました。

そのとき、コトコト、ゴッ、ゴッ、というかすかな音《おと》が、どこからかきこえてきたのです。お母《かあ》さんは、耳《みみ》をそばだて、目《め》をこらしました。

すると、見《み》えたのです。うねりながら空《そら》をまう、何両《なんりょう》もの、小《ちい》さな電車《でんしゃ》が。いろんな色《いろ》があるらしい長《なが》い長《なが》い電車《でんしゃ》は、小《ちい》さな緑色《みどりいろ》のお客《きゃく》さんを一列《いちれつ》にのせて、おどるように、くるーりくるーり、空《そら》をとんでいるのです。

キップハ、ヒャクマイ

ハッパモ、ヒャクマイ

ヒャクマイソロッテ、タビニデル

風《かぜ》にのってきこえてくる、きみょうな声《こえ》といっしょに、ニセアカシアのはっぱが、ひらりと一まいふってきました。お母《かあ》さんは、それをてのひらでうけとめました。

お母《かあ》さんは、今《いま》はっきり、ピアノのけいこにかよっていた、なつかしい日々《ひび》のことを思《おも》いだしました。

「……ああ、百《ひゃく》まい、たまったんだ……」

そういいながら空《そら》を見《み》あげたお母《かあ》さんの目《め》に、小《ちい》さく小《ちい》さくなって、かなたに消《き》えてゆく、電車《でんしゃ》のはしっこのうすもも色《いろ》が、きらりとうつりました。

お母《かあ》さんは、しばらくのあいだ庭《にわ》に立《た》ったまま、むねをおさえていました。それから、やっとかんがえました。

(どうして、今《いま》、百《ひゃく》まいになったんだろう？)

でも、お母《かあ》さんのそのなぞは、もうまもなくとけるでしょう。

ふしぎなできごとを、はやく手紙《てがみ》でお母《かあ》さんにしらせたくて、フーコは今《いま》、おほり町《まち》の家《いえ》にむかって、大《おお》いそぎでかけているところでした。

八月・葉月・はづき

光《ひか》る

阪田《さかた》寛夫《ひろお》

光《ひか》る
光《ひか》る　雲《くも》は
ぼくらの仲間《なかま》
走《はし》る
走《はし》る　雲《くも》は
ぼくらのめあて
　見《み》あげれば
　まぶしくて
　峠《とうげ》の上《うえ》は
　空《そら》ばかり
光《ひか》る
光《ひか》る　雲《くも》の峰《みね》
その果《は》てまでも
かけて行《い》こう

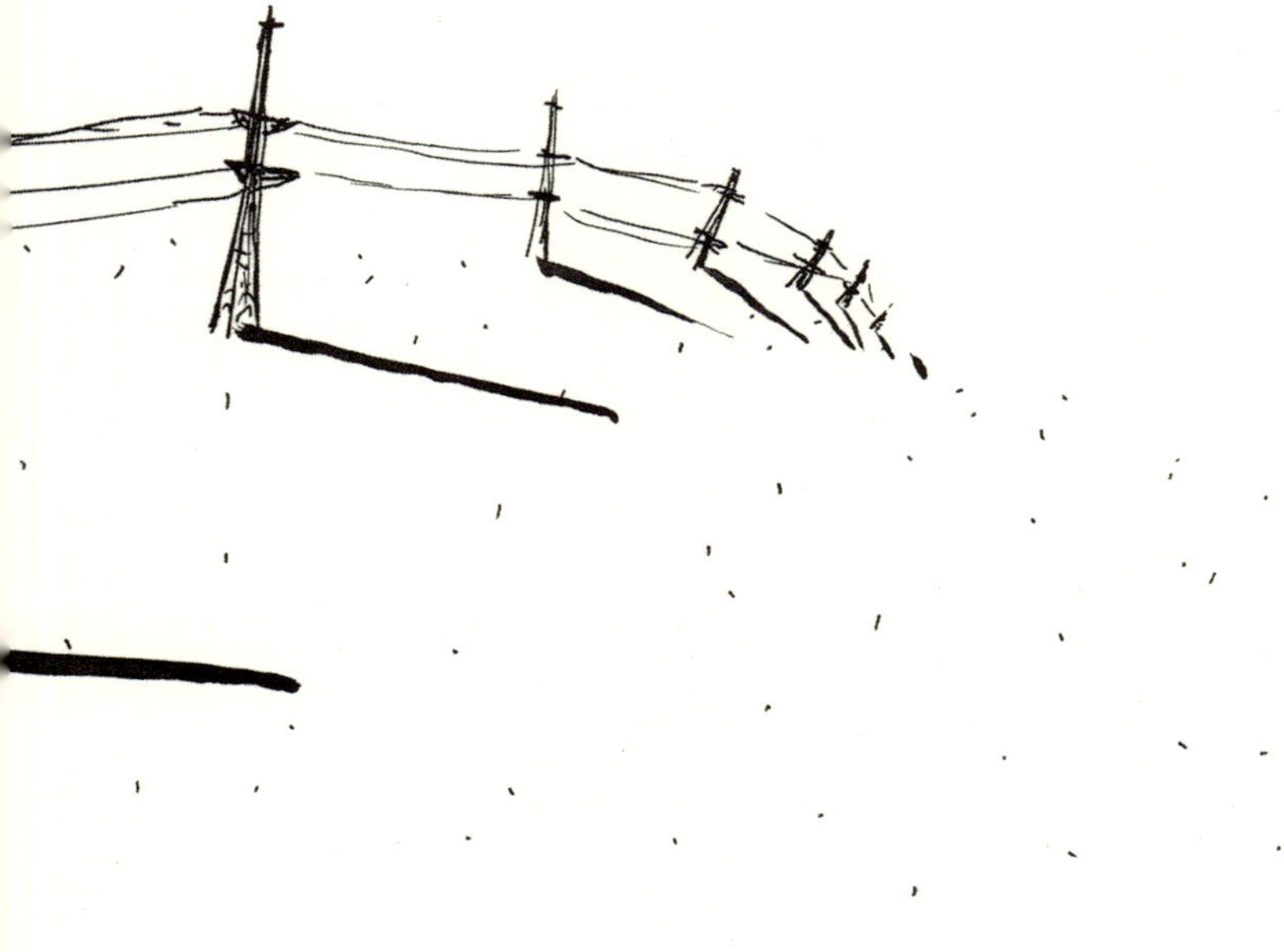

光《ひか》る
光《ひか》る　樹々《きぎ》は
ぼくらの仲間《なかま》
匂《にお》う
匂《にお》う　樹々《きぎ》は
ぼくらを招《まね》く
　見《み》あげれば
高々《たかだか》と
梢《こずえ》の先《さき》は
　天《てん》を指《さ》し
光《ひか》る
光《ひか》る　樹々《きぎ》の青《あお》
ゆたかに匂《にお》う
今日《きょう》の日《ひ》が

夏草《なつくさ》や
兵共《つわものども》が
ゆめの跡《あと》

松尾芭蕉《まつおばしょう》

縁《えん》日《にち》の夜《よる》

上《うえ》橋《はし》菜《な》穂《ほ》子《こ》

明《あか》るい墓場《はかば》のお地蔵《じぞう》さん

（このあたりだったはずだけど……）

優子《ゆうこ》は、細《ほそ》い路地《ろじ》を、もう一度《ど》たどった。玄関先《げんかんさき》に置《お》かれた鉢植《はちう》えの朝顔《あさがお》が、昼《ひる》の日《ひ》ざしにしぼんで、首《くび》をたれている。家《いえ》のわきのわずかな地面《じめん》に植《う》わっているアオキの、てらてら光沢《こうたく》のある深緑《しんりょく》の葉《は》が、しめった暗《くら》さをたたえて、わずかな風《かぜ》にゆれていた。

右手《みぎて》には、ごたごたと軒《のき》をつらねた家々《いえいえ》。左手《ひだりて》には、お寺《てら》の塀《へい》がつづいている。その風雨《ふうう》にさらされて、しみの浮《う》きでた白壁《しらかべ》の塀《へい》を見《み》ながら、優子《ゆうこ》はもう、三度《ど》も行《い》ったり来《き》たりをくりかえしていた。

塀《へい》のこのあたりに木戸《きど》があったはずなのだ。その木戸《きど》の下《した》には、子《こ》どもならくぐれるほどのすきまがあって、クラスの友《とも》だちと木戸《きど》をくぐって、お寺《てら》に忍《しの》びこんだものだった。

お寺《てら》といっても、京都《きょうと》や鎌倉《かまくら》にあるような大《おお》きなお寺《てら》ではない。住職《じゅうしょく》さんの家族《かぞく》が住《す》んでいるふつうの家《いえ》のような小《ちい》さなお寺《てら》で、奥《おく》さんに見《み》つかって、どなられたことがある。

木《き》の桟《さん》のはまった、くすんだガラス戸《ど》をガラガラッと開《あ》けて、「かってに人《ひと》のうちに入《はい》りこんで!」と、どなったおばさんの声《こえ》が、いまでも思《おも》いだせる。……あれからもう、十三年《ねん》もたってしまったけれど。

優子《ゆうこ》は、十歳《さい》までこの下町《したまち》に住《す》んでいた。遠《とお》い横浜《よこはま》の山《やま》の手《て》の街《まち》に引《ひ》っこしたのが、十歳《さい》も終《お》わりに近《ちか》い冬《ふゆ》。それ以来《いらい》、十三年《ねん》もこの町《まち》に来《こ》なかった。

優子《ゆうこ》は一浪《ろう》して大学《だいがく》に入《はい》り、今年《ことし》の春卒業《はるそつぎょう》して、この町《まち》のそばの小《ちい》さな会社《かいしゃ》に入社《にゅうしゃ》した。朝《あさ》、通勤《つうきん》の電車《でんしゃ》の中《なか》から、この町《まち》の駅《えき》を見《み》るたびに、小学生《しょうがくせい》のころの思《おも》い出《で》がつぎつぎに浮《う》かんできて、ああ、一度《ど》ゆっくりあの町《まち》を歩《ある》きたいなぁ、と思《おも》っていた。

特《とく》に、ふたつ、どうしてももう一度《ど》やってみたいことがあった。ひとつは、縁日《えんにち》を見《み》ること。もうひとつは、むかしよく忍《しの》びこんだ、このお寺《てら》をたずねてみることだった。

このお寺《てら》で、優子《ゆうこ》は、ちょっとふしぎで、たのしい体験《たいけん》をしたのだ。あれが、本当《ほんとう》にあったことなのか、たしかめてみたかった。

小学《しょうがく》三年生《ねんせい》の夏《なつ》、優子《ゆうこ》は友《とも》だちから、変《へん》な話《はなし》を聞《き》いた。このお寺《てら》の木戸《きど》の向《む》こうには、秘密《ひみつ》のお墓《はか》があって、よく子《こ》どもの幽霊《ゆうれい》がでる、というのだ。

すごーい！　たしかめて見《み》ようよ。肝《きも》だめし肝《きも》だめし！　と、すぐに話《はなし》はもりあがったが、優子《ゆうこ》はこわい話《はなし》が大《だい》の苦手《にがて》だった。

「えー、そういうのって、ちょっかいだすと、のろわれるんだよ。」

優子《ゆうこ》がいうと、みんな、ちょっとたじたじとなった。それでも怪談《かいだん》好《ず》きの友《とも》だちは、あきらめきれずに、じゃあ、昼間忍《ひるましの》びこんでみようよ。昼間《ひるま》なら、きっとだいじょうぶだよ、といいだした。けっきょく、みんなにつきあって、優子《ゆうこ》も昼間《ひるま》の幽《ゆう》霊《れい》さがしに行《い》くことになったのだ。

背中《せなか》をぶつけないように、木戸《きど》の下《した》をそろそろとくぐると、お寺《てら》の裏手《うらて》にでる。住職《じゅうしょく》さんたちが住《す》んでいる家《いえ》の裏口《うらぐち》でもあるので、物《もの》ほし竿《ざお》に洗濯物《せんたくもの》がほしてあった。その洗濯物《せんたくもの》の下《した》を、みんなで足音《あしおと》をしのばせて、くぐりぬけていった。

すると、もうひとつ木戸《きど》があるではないか。この木戸《きど》は、しっかりできていて、下《した》をくぐるわけにはいかなかったので、友《とも》だちのひとりが、そっと、おしてみた。ぎぎっと木戸《きど》がきしんだ。優子《ゆうこ》は、びくびくとうしろをふりかえったが、ガラス戸《ど》が開《あ》く気配《けはい》はなかった。

木戸《きど》のむこうへすべりこんだとたん、みんな、しばらく声《こえ》をうしなった。——そこには、高《たか》い塀《へい》にかこまれた、小《ちい》さいけれど、とても明《あか》るい、墓場《はかば》があったのだ。ちゅんちゅん、すずめが鳴《な》きかわしながら遊《あそ》んでおり、真夏《まなつ》の白《しろ》い日《ひ》の光《ひかり》に、苔《こけ》むした墓石《はかいし》が、やわらかく浮《う》かびあがっていた。とても、静《しず》かだった。通《とお》りを走《はし》る車《くるま》の音《おと》も聞《き》こえない。人《ひと》の声《こえ》も靴音《くつおと》も聞《き》こえない。——真夏《まなつ》の昼下《ひるさ》がり。まぶしい光《ひかり》の中《なか》で、この墓場《はかば》は、うらうらと昼寝《ひるね》をしているように見《み》えた。

優子《ゆうこ》たちは、その昼寝《ひるね》をさましてはいけないような気《き》がして、小声《こごえ》でささやきながら、このふしぎな墓地《ぼち》の中《なか》を歩《ある》きまわった。プーン、プーンとブヨが飛《と》んでいたが、幽霊《ゆうれい》など、どこにもいなかった。

優子《ゆうこ》は、いま、この明《あか》るい墓地《ぼち》でなら、幽霊《ゆうれい》に会《あ》っても、こわくないかもしれない、と思《おも》った。それほど、のんびりと、おだやかな光《ひかり》につつまれた、墓地《ぼち》だった。

「だれも知《し》らない、秘密《ひみつ》の墓場《はかば》だね。」

と、友《とも》だちがいい、みんな、いい気持《きも》ちになった。

「このお墓《はか》のことは、ほかの人《ひと》には、ないしょね。」

と、優子《ゆうこ》もいった。

「こっちに来《こ》いよ！　へんな物《もの》があるぞ！」

と、男《おとこ》の子《こ》が呼《よ》ぶ、低《ひく》い声《こえ》が聞《き》こえた。いそいで行《い》ってみると、友《とも》だちが指《ゆび》さしているのは、なかば地面《じめん》に埋《う》もれた、大《おお》きな灰色《はいいろ》の石《いし》だった。

「ほら、この石《いし》、へんなもようがある。」

たしかに、彫刻《ちょうこく》のような、筋《すじ》があった。

「起《お》こしてみようか。」

それっと、五人全員《にんぜんいん》が石《いし》にとりついた。よいしょ、よいしょ、とかけ声《ごえ》をかけてゆすると、ぼこっと土《つち》がこぼれて、埋《う》まっていた側《がわ》が、ちらりと見《み》えた。

「あっ！」

優子《ゆうこ》は息《いき》をのんだ。

「お地蔵《じぞう》さんだよ、これ！」

泥《どろ》まみれだったけれど、それは、たしかにお地蔵《じぞう》さんだった。

「お地蔵《じぞう》さんを、ひっくり返《かえ》したまんまにしとくなんて、ひどいよねぇ。」

「起《お》こしてあげたら、なんか、いいことがあるかもよ。」

みんなが、いっしょうけんめい泥《どろ》を落《お》とすと、丸顔《まるがお》の少年《しょうねん》のような笑顔《えがお》が、あらわれた。

「お地蔵《じぞう》さん、よろこんでる。」

「お花《はな》、そなえてあげない？」

「うん！」

お墓《はか》のあいだに咲《さ》いていた、雑草《ざっそう》の花《はな》をひきぬいて、お地蔵《じぞう》さんにそなえた。ふと、優子《ゆうこ》は、たったいま、お地蔵《じぞう》さんが埋《う》まっていた泥《どろ》の中《なか》に、小《ちい》さい花《はな》のような形《かたち》をした石《いし》があるのに気《き》がついた。指《ゆび》でほり起《お》こしてみると、お地蔵《じぞう》さんの石《いし》とおなじ色《いろ》をした、小《ちい》さな石《いし》の花《はな》だった。

「これ見《み》て。お花《はな》の形《かたち》してる。」

友《とも》だちに見《み》せると、

「お花《はな》をそなえてあげたから、お地蔵《じぞう》さんが、くれたのかも。」

といった。お地蔵《じぞう》さんを見《み》ると、なんだか、うなずいているように感《かん》じられた。それで、その石《いし》の花《はな》だけだいじにもって、優子《ゆうこ》たちは、墓場《はかば》からぬけだした。

石《いし》の花《はな》は、見《み》つけた優子《ゆうこ》のものになった。

そのあとも、いく度《たび》か、その墓場《はかば》にしのびこんで遊《あそ》んだけれど、ついにおばさんに見《み》つかって、追《お》いだされてしまった。

「なにさ。お地蔵《じぞう》さんを、たおしたまんまにしてたくせに。」

「ねぇ。起《お》こしてあげたのは私《わたし》たちなのに！」

さんざん腹《はら》をたてたけれど、木戸《きど》の下《した》にはしっかり針金《はりがね》が渡《わた》されてしまって、二度《ど》と入《はい》ることはできなくなった。

優子《ゆうこ》は、引《ひ》っこすことが決《き》まったとき、石《いし》の花《はな》を木戸《きど》のすぐわきの路地《ろじ》に埋《う》めた。そして、心《こころ》の中《なか》で、（もう一度《ど》、ここに帰《かえ》ってこられますように。）と祈《いの》ったのだった。

この路地《ろじ》だったことは、まちがいないと思《おも》う。けれど、塀《へい》には木戸《きど》はなかった。ため息《いき》をついた時《とき》、ふっと優子《ゆうこ》は塀《へい》のわきの地面《じめん》に、灰色《はいいろ》の石《いし》が顔《かお》をだしているのに気《き》づいた。

（あっ。）

どきどきしながら、指《ゆび》でほじくると、ころり、と花《はな》の形《かたち》をした石《いし》があらわれた。

「あったー！」

思《おも》わず、声《こえ》をあげてしまってから、優子《ゆうこ》はあわてて口《くち》をおさえたが、さいわい路《ろ》地《じ》に人《ひと》かげはなかった。

まちがいなく、あのお地蔵《じぞう》さんの石《いし》の花《はな》だ。きっと木戸《きど》はこわされて、壁《かべ》にぬりこめられてしまったのだろう。優子《ゆうこ》は、思《おも》い出《で》の石《いし》をにぎりしめて、ほほ笑《え》んだ。

縁日《えんにち》の夜《よる》

週末《しゅうまつ》の夜《よる》に、ひとりで下町《したまち》で過《す》ごしているなんて、会社《かいしゃ》の友《とも》だちに知《し》れたら笑《わら》われるだろう。優子《ゆうこ》も、ここを訪《おとず》れてみたいな、とは思《おも》っていたけれど、まさか本当《ほんとう》に実行《じっこう》することになるとは思《おも》っていなかった。第一《だいいち》、毎日《まいにち》いそがしくて、それどころではなかったのだ。

ところが、今週《こんしゅう》、偶然《ぐうぜん》祝日《しゅくじつ》が重《かさ》なって、縁日《えんにち》が立《た》つ四のつく日《ひ》が三連休《れんきゅう》の中日《なかび》だと気《き》づいたとき、優子《ゆうこ》は思《おも》いきって、この町《まち》をもう一度歩《どある》く計画《けいかく》を実行《じっこう》にうつしたのだった。

どこの駅《えき》にも停《と》まらない特急列車《とっきゅうれっしゃ》のような毎日《まいにち》を、ずっと過《す》ごしてきたから、ここらで、ちょっと立《た》ちどまり、ゆっくりたどってきた風景《ふうけい》をふり返《かえ》ってみたかった。

気《き》がつくと、もう夕《ゆう》ぐれがせまっていた。優子《ゆうこ》はむかしの自分《じぶん》の家《いえ》のそばの、小《ちい》さな旅館《りょかん》に泊《と》まることにした。両方《りょうほう》のガラスに『ねぎしや旅館《りょかん》』と書《か》かれた引《ひ》き戸《ど》を開《あ》けて、古《ふる》い家独特《いえどくとく》の、しめった木《き》のにおいのする玄関《げんかん》に入《はい》ると、帳場《ちょうば》から、前《まえ》かけをした、やせたおばさんがでてきた。

「おひさしぶりです。おぼえていらっしゃいます？　私《わたし》、八木優子《やぎゆうこ》です。むかし、ご近所《きんじょ》に住《す》んでいた……。」

とたん、おばさんの顔《かお》に、ぱあっとおどろきの色《いろ》がひろがった。

「まあーまあー！　優子《ゆうこ》ちゃん？　なんてまあ、りっぱな娘《むすめ》さんになっちゃって！」

予約《よやく》もなしに部屋《へや》があるかしら、と心配《しんぱい》していたが、おばさんは、なに、満室《まんしつ》なんてことは、一年《ねん》に何度《なんど》もないのよ、と笑《わら》った。

夕食《ゆうしょく》は、柱時計《はしらどけい》が、かちっかちっと時《とき》を刻《きざ》んでいる居間《いま》で、おばさん夫婦《ふうふ》といっしょに、ごちそうになった。

ひとしきり、むかしの話《はなし》や家族《かぞく》の話《はなし》、今《いま》の仕事《しごと》の話《はなし》などをしたあと、優子《ゆうこ》が、

「じつは、縁日《えんにち》が見《み》たくて、四のつく金曜日《きんようび》に来《き》たんです。」

と、いうと、おばさんとおじさんは、顔《かお》を見《み》あわせた。

「やぁだねえ。優子《ゆうこ》ちゃん。はやくいえば教《おし》えてあげたのに。――縁日《えんにち》なんて、もう十年《ねん》もやってないのよ。」

優子《ゆうこ》はびっくりして、聞《き》きなおした。

「ほんとに！　やめちゃったんですか？」

「ここらあたりも、ずいぶん変《か》わっちゃってさ。高速道路《こうそくどうろ》が通《とお》って、マンションだのビルだのが、ぼこぼこ建《た》っちゃってね。神社《じんじゃ》のお祭《まつ》りなら、五月《がつ》にね、まだ、つづいてるけれど、柳通《やなぎどお》りの縁日《えんにち》なんて、もう、やめちゃって、ずいぶんたつんだよ。」

心底《しんそこ》がっかりした。それでもせっかく来《き》たのだからと、優子《ゆうこ》は一泊《ぱく》することにして、ぎしぎし鳴《な》る木造《もくぞう》の階段《かいだん》をのぼって、部屋《へや》に入《はい》った。畳《たたみ》の間《ま》に、小《ちい》さな床《とこ》の間《ま》がついている。

むしあつかったけれど、なんとなくクーラーをつける気《き》になれずに、優子《ゆうこ》はすりガラスの窓《まど》を、ちょっと開《あ》けた。

この宿《やど》は、大通《おおどお》りから路地《ろじ》に入《はい》った所《ところ》にあるのだけれど、大通《おおどお》りを行《ゆ》きかう車《くるま》の音《おと》が、遠《とお》い潮騒《しおさい》のように、ひっきりなしに聞《き》こえてくる。ネオンが光《ひか》るたびに、ガラス窓《まど》に赤《あか》や青《あお》の筋《すじ》がうかぶ。——ここにはもう、しめった夜《よる》など、なさそうだった。

(まあ、そうそう、思《おも》いどおりにはいかないわよね。東京《とうきょう》は、どんどん変《か》わってるんだもん。思《おも》い出《で》のままに残《のこ》ってるものなんて、ほとんどないのが、ふつうよね。石《いし》の花《はな》があっただけでも、すごいことよね。)

思《おも》い出《で》のあとをたどろうなんて思《おも》うのは、いけないことかもね、と優子《ゆうこ》は思《おも》った。

(世界《せかい》はどんどん、前《まえ》へ進《すす》んでる。ふりかえろうと立《た》ちどまったら、おいてかれちゃうのが現実《げんじつ》だもんね。……ばかなことを、実行《じっこう》しちゃったな。人《ひと》にいえる話《はなし》じゃないよね。)

優子《ゆうこ》は、風呂《ふろ》から出《で》ると、浴衣《ゆかた》にきがえて、そうそうに布団《ふとん》にもぐりこんでしまった。

ちょっと、うとうとしたのだろうか。路地《ろじ》を、ざわざわと歩《ある》いていく人《ひと》の気配《けはい》で目《め》がさめた。優子《ゆうこ》は布団《ふとん》から起《お》きあがって、そっとガラス窓《まど》を引《ひ》きあけた。

おおぜいの大人《おとな》や子《こ》どもが、浴衣《ゆかた》を着《き》て、うちわをぱたぱたやりながら歩《ある》いていく。下駄《げた》や草履《ぞうり》の足音《あしおと》がひびいてくる。

(なんか、縁日《えんにち》に行《い》くみたい。)

どう見《み》ても、そんな感《かん》じだった。しばらく見《み》ていると、帰《かえ》ってくる子《こ》どもたちの手《て》には、金魚《きんぎょ》をいれたビニール袋《ぶくろ》やら、綿《わた》がしやらがにぎられている。

(やっぱり縁日《えんにち》だ。)

きっと、伝統文化《でんとうぶんか》の見《み》なおしをしようと、町内会《ちょうないかい》が縁日《えんにち》を復活《ふっかつ》したのだ。近《ちか》ごろ、よくあるではないか、そうやってお祭《まつ》りなどを復活《ふっかつ》することが。おばさんたちは、聞《き》きのがしていたのだろう。

優子《ゆうこ》はあわてて、服《ふく》に着《き》がえて、財布《さいふ》だけもって、階段《かいだん》をおりた。よっぽどおばさんたちに声《こえ》をかけようかと思《おも》ったが、帳場《ちょうば》の電気《でんき》は消《き》えていて、しんとしていたので、やめた。

ガラス戸《ど》は開《あ》いていた。優子《ゆうこ》は、玄関《げんかん》わきの電話《でんわ》の横《よこ》にあった、のりつきのメモ用紙《ようし》に、『縁日《えんにち》に行《い》ってきます。鍵《かぎ》をしめないでください。すぐ帰《かえ》ります』と書《か》いて、ガラス戸《ど》にはると、そっと外《そと》へでた。

昼《ひる》の暑《あつ》さが、まだ、かすかにのこっているけれど、おどろくほどすずしい夜風《よかぜ》が、すうっとほほをなでた。縁台《えんだい》をだして、ステテコ姿《すがた》で、パタァ、パタァとうちわであおぎながら、行《い》きかう人《ひと》をながめているおじいさん。鈴《すず》つきのサンダルをチャリチャリ鳴《な》らして、かけぬける女《おんな》の子《こ》。

柳通《やなぎどお》りにむかって、歩《ある》きはじめると、ふいに、うしろから男《おとこ》の子《こ》の声《こえ》が聞《き》こえた。

「おねえちゃん。」

べつの人《ひと》を呼《よ》んでいるのだろうと思《おも》って、そのまま行《い》きかけたが、こんどはかるく、ひじをつかまれた。びっくりしてふり返《かえ》ると、十歳《さい》くらいの男《おとこ》の子《こ》が、にこにこ笑《わら》っていた。

近《ちか》ごろ東京《とうきょう》ではめずらしい坊主頭《ぼうずあたま》に、ランニングシャツ姿《すがた》の、丸顔《まるがお》の男《おとこ》の子《こ》だ。なんとなく、顔《かお》に見《み》おぼえがあるような気《き》がしたけれど、この町《まち》で、この年《とし》ごろの少年《しょうねん》に知《し》りあいがいるはずがない。

「私《わたし》？」

「うん。おねえちゃん、縁日《えんにち》にいくんでしょ。ぼくもつれてってくれない？　ぼく、ひとりじゃ、行《い》けないんだ。」

優子《ゆうこ》は、思《おも》わず、少年《しょうねん》のうしろを見《み》たが、親《おや》らしき人《ひと》は見《み》あたらなかった。

「おかあさんか、おとうさんは？」

少年《しょうねん》は、ただ首《くび》をふった。優子《ゆうこ》はこまってしまった。

「でも、おかあさんたちが心配《しんぱい》するわよ。知《し》らない人《ひと》に、ついて行《い》っちゃだめって、いわれてないの？」

「おかあさんたち、いないもの。心配《しんぱい》なんかしないよ。ねえ、ぼく、どうしても縁《えん》日《にち》に行《い》きたいんだ。つれてって。ちょっと行《い》って帰《かえ》るだけだから。」

優子《ゆうこ》はため息《いき》をついた。両親《りょうしん》がとも働《ばたら》きの家《いえ》の子《こ》なのだろう。こうやってみんなが縁日《えんにち》に行《い》くのに、ひとり、家《いえ》の中《なか》で親《おや》をまっているだけなんて、かわいそうだな、と思《おも》った。

「いいわ。つれてってあげる。でも、ちょっとだけね。」

男《おとこ》の子《こ》は、顔中《かおじゅう》を笑顔《えがお》にしてうなずいた。

柳通《やなぎどお》りにでると、夜《よる》の闇《やみ》の中《なか》に、光《ひかり》の道《みち》ができていた。お祭《まつ》りとはちがって、笛《ふえ》太鼓《たいこ》のおはやしはないけれど、ポン、ポン、ポン、ポンと発電気《はつでんき》が鳴《な》る音《おと》。アセチレンガスのシューというひびき。香具師《やし》のいせいのいいどら声《ごえ》。風船《ふうせん》ヨーヨーをパンパンうつ音《おと》。足音《あしおと》とざわめきが、ワーンとおしよせてくる。

金魚《きんぎょ》の色《いろ》にゆらゆらゆれる、金魚《きんぎょ》すくいのプール。そういえば、むかし、金魚《きんぎょ》すくいのモナカを食《た》べちゃった友《とも》だちがいたっけ。ピンクの綿《わた》がし。小さなプラスチックの、おままごと道具《どうぐ》。空気入《くうきい》れをおすたびにピョコンピョコンはねる、ゴムのカエル。月《つき》おくれの雑誌《ざっし》のふろく。

「なにか、ほしい?」

人《ひと》ごみをかきわけながら、優子《ゆうこ》がたずねると、まっかに上気《じょうき》した顔《かお》で、男《おとこ》の子《こ》が答《こた》えた。

「綿《わた》がしと水《みず》あめが食《た》べたい!」

割《わ》り箸《ばし》にまきついていく綿《わた》がし。ほいよっとさしだされた大《おお》きなかたまりに、男《おとこ》の子《こ》は、むちゅうでかじりついた。大《おお》きく口《くち》をあけるのだけれど、なかなかかめるものではない。かみちぎると、口《くち》のまわりからほっぺたまで、ピンクのあめで、べたべたになってしまった。

優子《ゆうこ》が笑《わら》うと、男《おとこ》の子《こ》も、にやにや笑《わら》いかえした。スモモやミカンをくるんだ水《みず》あめは、氷《こおり》のかたまりにのっている。それを買《か》ってあげながら、優子《ゆうこ》はふと、夜店《よみせ》のすきまから見《み》える夜《よる》に、気《き》がついた。

裸電球《はだかでんきゅう》の明《あか》りのむこうの、深《ふか》い闇《やみ》……。

人《ひと》の波《なみ》におされながら、気《き》がつくと、柳通《やなぎどお》りのお寺《てら》の門《もん》まできていた。このお寺《てら》には、大《おお》きなお地蔵《じぞう》さんがまつられている。縁日《えんにち》は、このお地蔵《じぞう》さんの縁日《えんにち》なのだ。

男《おとこ》の子《こ》の手《て》をひいて、門《もん》をくぐると、とたんにざわめきが遠《とお》くなった。おおぜいの人《ひと》が、参道《さんどう》を歩《ある》いているのだけれど、ほとんど話《はな》し声《ごえ》が聞《き》こえない。

参道《さんどう》は闇《やみ》にしずんでいる。つきあたりの、お寺《てら》の縁側《えんがわ》の奥《おく》の、ガラス戸《ど》を開《あ》けはなってある部屋《へや》だけが、オレンジ色《いろ》の電灯《でんとう》の明《あ》かりで、うかびあがってみえていた。

お寺《てら》の奥《おく》さんが、縁側《えんがわ》でロウソクとお線香《せんこう》を売《う》っている。優子《ゆうこ》はひとセット買《か》って、うらの地蔵堂《じぞうどう》へむかった。

地蔵堂《じぞうどう》のまわりは、ひときわ暗《くら》かった。おさいせん箱《ばこ》のむこうに、大人《おとな》のたけほどもある大《おお》きなお地蔵《じぞう》さんが、ロウソクの火《ひ》にてらされて、ぼんやりと見《み》えた。

色《いろ》あせた千羽鶴《せんばづる》がぶらさがり、お地蔵《じぞう》さんの赤《あか》いよだれかけ、暗《くら》い色《いろ》に変《か》わっていたが、お地蔵《じぞう》さんのお顔《かお》は、やさしい笑《え》みをたたえていた。ただ、大入道《おおにゅうどう》のように、上《うえ》から見《み》おろされているのは、なんとなく、おそろしかった。

そくそく、背中《せなか》が寒《さむ》かった。うしろには、しめった闇《やみ》がせまっている。

ふと、男《おとこ》の子《こ》が、おさいせん箱《ばこ》をのりこえようとしているのに気《き》づいて、優子《ゆうこ》は、びっくりした。

「ちょっと、なにしてるの？　だめよ！」

けれど、男《おとこ》の子《こ》は、すばやく地蔵堂《じぞうどう》の中《なか》に入《はい》ってしまった。お線香《せんこう》の白《しろ》い煙《けむり》の中《なか》で男《おとこ》の子《こ》がふりかえって、にっこり笑《わら》うのが見《み》えた、と思《おも》ったのを最後《さいご》に、優子《ゆうこ》は意識《いしき》を失《うしな》った。

お地蔵《じぞう》さんの息子《むすこ》

優子《ゆうこ》は、布団《ふとん》の中《なか》で目《め》をさました。しばらく、ぼんやり、天井《てんじょう》の木目《もくめ》をながめていたが、やがて、はっとして体《からだ》を起《お》こした。

(え？　夢《ゆめ》だったの？　あれ。)

洋服《ようふく》はきのうたたんだ形《かたち》のまま、枕《まくら》もとにある。思《おも》わずポケットをさぐって、お財布《さいふ》をとりだして、中《なか》をあらためてみたが、一円《えん》も使《つか》っていなかった。

「なーんだ。夢《ゆめ》、か。」

優子《ゆうこ》はため息《いき》をついた。それにしても、ずいぶんリアルな夢《ゆめ》を見《み》たものだ。そういえば、あの縁日《えんにち》は、見《み》たい見《み》たいと思《おも》っていた通《とお》りの縁日《えんにち》だった。

優子《ゆうこ》は、朝食《ちょうしょく》をいただくと、おばさんにわかれをつげて、宿《やど》をでた。土曜日《どようび》の町《まち》は、自動車《じどうしゃ》の排気《はいき》ガスの匂《にお》いで、もう、むーんと息《いき》ぐるしいほど、あつかった。

優子《ゆうこ》は、そのまま駅《えき》にむかおうとしたが、ふと、気《き》をかえて、柳通《やなぎどお》りにむかった。通《とお》りには、その名《な》の由来《ゆらい》である柳《やなぎ》がゆれていたが、かわいた歩道《ほどう》には、タバコの吸《す》いがらが落《お》ちているだけで、夜店《よみせ》のあとなど、まったくなかった。

お寺《てら》の門《もん》の前《まえ》で、おばさんが、箒《ほうき》で歩道《ほどう》をはいていた。

「あの、」

優子《ゆうこ》は思《おも》わず声《こえ》をかけた。おばさんは、顔《かお》をあげて、けげんそうに優子《ゆうこ》を見《み》た。

「はい？」

「このお寺《てら》の方《かた》ですか？」

「ええ、そうですけど。」

「私《わたし》、むかし、この近所《きんじょ》に住《す》んでたんです。ここ、むかしは、縁日《えんにち》をやってましたよね。」

「あぁー。」

おばさんの顔《かお》に笑《え》みが浮《う》かんだ。

「柳通《やなぎどお》りの縁日《えんにち》ね。ええ。やってましたよ。もう十年以上《ねんいじょう》、やってないけど。」

「あれ、よかったですよね。にぎやかで。私《わたし》なつかしくて、もう一度見《どみ》たいと思《おも》って来《き》たんですけど。――ざんねんでした。やめちゃったんですね。」

「そう。そりゃ、ざんねんねぇ。あなた、お地蔵《じぞう》さんだけでも、おがんで行《い》きます?」

「え、いいんですか?」

「ええ、ええ。」

おばさんのあとについて、門《もん》をくぐると、夢《ゆめ》に見《み》たのより、はるかにせまい参道《さんどう》があった。ずっと奥《おく》に見《み》えたお寺《てら》の縁側《えんがわ》も、すぐそばにあった。おばさんは、地蔵《じぞう》堂《どう》にまわると、ぎぎっと扉《とびら》をあけてくれた。お線香《せんこう》の匂《にお》いがかすかに、ただよってきた。

(……こんなに小《ちい》さなお地蔵《じぞう》さんだったっけ。)

たしかに、大人《おとな》のたけほどはあるが、大入道《おおにゅうどう》のように上《うえ》から見《み》おろしている、という感《かん》じではなかった。――優子《ゆうこ》の背《せ》がのびたからだろう。

ふと、優子《ゆうこ》は、その大《おお》きなお地蔵《じぞう》さんの陰《かげ》にある、もう一体《いったい》のお地蔵《じぞう》さんに気《き》づいて、どきんっとした。——それは、あの明《あか》るい墓場《はかば》で、優子《ゆうこ》たちが起《お》こしてあげた、お地蔵《じぞう》さんによく似《に》ていた。

「あの、お地蔵《じぞう》さん、むかしから、ありました？」

「どれ？　ああ、えーっと。いいえ、縁日《えんにち》をやってたころには、なかったわね。あれはね、最近《さいきん》、このお寺《てら》にかかわりがあるお寺《てら》から、こちらに移《うつ》されたのよ。」

息《いき》ぐるしいほど、胸《むね》がどきどきしている。

「もしかして、小学校《しょうがっこう》のそばの……。」

「そうそう！　あら、よく知《し》ってるわね。そうなのよ。もともとは、このお寺《てら》の四代《だい》まえの住職《じゅうしょく》さんの息子《むすこ》さんがなくなったときに、作《つく》ったお地蔵《じぞう》さんでね。この大《おお》きなお地蔵《じぞう》さんと親子地蔵《おやこじぞう》だったのよ。

それがね、戦時中《せんじちゅう》にたくさん、戦死者《せんししゃ》がでたでしょう。あのころに、子《こ》どもを戦地《せんち》でなくした真木寺《まきでら》の——小学校《しょうがっこう》のそばのお寺《てら》ね——住職《じゅうしょく》さんをなぐさめるために、うちのお寺《てら》の住職《じゅうしょく》さんが、この息子《むすこ》地蔵《じぞう》さんをゆずったらしいのね。うちは、古《ふる》いもんだから、もう墓地《ぼち》はいっぱいでね。あの真木寺《まきでら》には、当時《とうじ》、ずいぶん子《こ》どもがほうむられたのよ。あんな時代《じだい》だったからさ。――そういうことも、あったんでしょうね。お地蔵《じぞう》さんは、ほら、子《こ》どもをなぐさめる仏《ほとけ》さまだから。」

(……ああ。)

そんなわけがあって、この小《ちい》さいお地蔵《じぞう》さんは、あの明《あか》るい墓地《ぼち》で、ひとり地《ち》に埋《う》もれていたのか……。

「そうだったんですか。――でも、じゃあ、なんで、またここへ帰《かえ》ってきたんですか?」

おばさんは、苦笑《くしょう》をうかべた。

「真木寺《まきでら》が、コンクリートの近代的《きんだいてき》なお寺《てら》になるんでね、住職《じゅうしょく》さんが、もっと大《おお》きなお地蔵《じぞう》さんをつくることにしたんで、このふるいお地蔵《じぞう》さんは、こちらに返《かえ》してきたのよ。」

「え？　でも、むかしとおんなじ塀《へい》がありましたよ。」

「ああ、あのきたない塀《へい》ね。来週《らいしゅう》にもこわされるんじゃない？　――行《い》ったり来《き》たり、お地蔵《じぞう》さんもたいへんだけど、ここのほうが親子《おやこ》そろってて、しあわせなんじゃないかしらね。」

優子《ゆうこ》は、あらためて、目鼻《めはな》もかなりすりへった、小《ちい》さなお地蔵《じぞう》さんを見《み》た。――そして、ふいに、その顔《かお》が、きのうの夜《よる》の男《おとこ》の子《こ》と、よくにていることに気《き》づいた。よくよく見《み》たけれど、ほっぺに綿《わた》がしがついている、などということはなく、お地蔵《じぞう》さんは、しずかに、にこにこほほ笑《え》んでいる。

「まあ、ゆっくりおがんで行《い》ってあげて。」

おばさんは、優子《ゆうこ》をのこして、掃除《そうじ》にもどっていった。

ながめているうちに、優子《ゆうこ》は、ふと、大《おお》きなお地蔵《じぞう》さんの手《て》が、ほそい棒《ぼう》をもっていることに気《き》づいた。蓮《はす》の花《はな》の茎《くき》のようだ。しかし、茎《くき》の先《さき》に、花《はな》はなかった。

（あっ！）

あわてて、ポケットから、あの石《いし》の花《はな》をとりだしてみると、ずいぶんかけてしまってはいるが、たしかに蓮《はす》の花《はな》だとわかった。

どうして、親地蔵《おやじぞう》さんの蓮《はす》の花《はな》が、子地蔵《こじぞう》さんの下《した》にあったのか……。考《かんが》えてもわかることではないけれど、なんとなく、これをもっていたから、あの夢《ゆめ》を見《み》られたのじゃないかしら、と優子《ゆうこ》は思《おも》った。

もしかしたら、あれは夢《ゆめ》ではなくて、もうひとつの世界《せかい》なのかもしれない。その世界《せかい》では、息子地蔵《むすこじぞう》さんが、坊主頭《ぼうずあたま》の少年《しょうねん》だったように、親地蔵《おやじぞう》さんも、お坊《ぼう》さん姿《すがた》のお父《とう》さんなのかもしれない。そして、息子《むすこ》がべつのお寺《てら》に行《い》くときに、また会《あ》えるように、そっと、この石《いし》の蓮《はす》を手《て》わたしたのかもしれない。

そして、石《いし》の花《はな》を探《さが》しにきた私《わたし》を、一夜《いちや》だけ、その世界《せかい》に入《い》れてくれたのかもしれない。

それとも、私《わたし》の思《おも》い出《で》の中《なか》にあるとおりの縁日《えんにち》の夜《よる》へ、子地蔵《こじぞう》さんを道案内《みちあんない》にして、みちびいてくれたのか……。

（でも、子地蔵《こじぞう》さん自身《じしん》も、たのしそうだったな。綿《わた》がしと水《みず》あめを食《た》べたりして……。）

縁日《えんにち》のざわめきを遠《とお》く聞《き》きながら、子地蔵《こじぞう》さんは、自分《じぶん》も、あのにぎやかな夜店《よみせ》のあいだを歩《ある》いてみたかったのかもしれない。

優子《ゆうこ》は、ほほ笑《え》んだ。いろいろな想像《そうぞう》が、つぎからつぎへとうかんできて、たのしかった。

夏《なつ》の日《ひ》ざしに、からからにかわいていたところに、しっとりと夜《よ》つゆがおりたような、ここちよさが、胸《むね》にひろがった。

優子《ゆうこ》は、そっと手《て》をのばして、石《いし》の花《はな》をおさいせん箱《ばこ》の向《む》こうにおいた。そして、手《て》をあわせて、目《め》をつぶった。

（ありがとう。）

この日《ひ》のことも、十年後《ねんご》にはうすれて、ほんとうにあったことなのかしら、と思《おも》う日《ひ》がくるのだろう。でも、縁日《えんにち》の夜《よる》の闇《やみ》と、この朝《あさ》の光《ひかり》は、心《こころ》の中《なか》に、しずかな色《いろ》になって、のこるだろう。
優子《ゆうこ》は、なんとなく軽《かる》くなった心《こころ》をかかえて、参道《さんどう》を大通《おおどお》りの方《ほう》へ、歩《ある》いていった。

げげのぶし

内海《うつみ》隆一郎《りゅういちろう》

新平《しんぺい》は、夜《よる》が大《だい》きらいだ。暗《くら》いのが気味《きみ》わるい。暗《くら》やみから何《なに》か飛《と》びだしてくるような気《き》がする。

眠《ねむ》ってしまえば平気《へいき》、というわけにはいかない。夢《ゆめ》のなかにだって、不気味《ぶきみ》なやつが、ひそんでいるにきまっている。

新平《しんぺい》が子《こ》ども部屋《べや》にひとりで寝《ね》ることになったのは、小学校《しょうがっこう》の入学式《にゅうがくしき》の日《ひ》からだ。もう四年《ねん》と五か月《げつ》も前《まえ》になるが、それいらい毎晩《まいばん》、こわいこわいと思《おも》いつづけている。自分《じぶん》の部屋《へや》でさえこわいのだから、よそに泊《と》まることなど考《かんが》えただけで、ぞっとする。

それなのに今年《ことし》の夏休《なつやす》みは、ひとりで盛岡《もりおか》へ泊《と》まりに行《い》くことになった。盛岡《もりおか》はパパが生《う》まれたところで、いまも家《いえ》が残《のこ》っている。去年《きょねん》の秋《あき》、お祖父《じい》ちゃんが亡《な》くなったあと、お祖母《ばあ》ちゃんがひとりで暮《く》らしている。

子《こ》どもは新平《しんぺい》のパパをはじめ三人《にん》いるが、みんな東京《とうきょう》や大阪《おおさか》に住《す》んでいて、お祖母《ばあ》ちゃんのそばにはだれもいない。そればかりか、今年《ことし》の夏《なつ》は初盆《はつぼん》だというのに、パパも叔父《おじ》さんも叔母《おば》さんも忙《いそが》しくて、訪《たず》ねていくことができないのだそうだ。

「まいったなあ、ぼくひとりなの？」

おそるおそるママに聞《き》くと、

「あんたのほかに大《おお》きな孫《まご》がいる？」

そう聞《き》きかえされてしまった。

いとこは三人《にん》いるが、小学《しょうがく》二年生《ねんせい》と幼稚園《ようちえん》の年長組《ねんちょうぐみ》と生《う》まれたばかりの赤《あか》んぼうだ。

「ママも叔母《おば》さんも行《い》かないの？」

「夏《なつ》は、みんな忙《いそが》しいの。わかるでしょ？」

新平《しんぺい》の家《いえ》は酒屋《さかや》だから、夏《なつ》はビールを売《う》るので、てんてこまいだ。叔父《おじ》さんはリゾートホテルのコックだし、叔母《おば》さんはアイスクリームの専門店《せんもんてん》にパートで勤《つと》めている。

「かと言《い》って、だれもお祖父《じい》ちゃんの初盆《はつぼん》に行《い》かないわけにはいかないでしょ。だから、あんたに代表《だいひょう》して行《い》ってもらいたいの。」

ママは当然《とうぜん》という顔《かお》つきで言《い》った。

叔父《おじ》さんと、叔母《おば》さんからも、よろしくと電話《でんわ》で頼《たの》んできた。ごほうびに、おこづかいをたっぷりくれるという。いくらたっぷりもらっても、盛岡《もりおか》の家《いえ》で夜《よる》をすごすことを考《かんが》えたら、とても合《あ》わないと新平《しんぺい》は思《おも》った。

なにしろ盛岡《もりおか》の家《いえ》ときたら百年《ひゃくねん》以上《いじょう》もたつという古《ふる》い建物《たてもの》で、昼間《ひるま》でも薄暗《うすぐら》くて、しんと静《しず》まりかえっているのだ。


東北新幹線《とうほくしんかんせん》に乗《の》ったときから、もう新平《しんぺい》はおびえていた。盛岡《もりおか》に着《つ》いて、タクシーで家《いえ》へ向《む》かうあいだも、しきりにつぶやいた。

「やだなあ、……ぼく。」

そのたびにタクシーの運転手《うんてんしゅ》さんが、ルームミラーで新平《しんぺい》のようすを見《み》ていた。

家《いえ》に着《つ》くと、お祖母《ばあ》ちゃんが出迎《でむか》えて、

「よくまあ、ひとりで来《き》たわねえ。」

と、嬉《うれ》しそうな笑顔《えがお》を見《み》せた。

七十歳《さい》に近《ちか》いのに、とても元気《げんき》で、家《いえ》の仕事《しごと》はなんでもひとりでこなしているらしい。新平《しんぺい》のパパやママが、いくら東京《とうきょう》で一緒《いっしょ》に暮《く》らそうと誘《さそ》っても、お祖母《ばあ》ちゃんは、

「元気《げんき》なうちは、ひとりでだいじょうぶ。」

と言《い》って、きかないのだそうだ。

お祖母《ばあ》ちゃんさえ東京《とうきょう》に来《き》てくれれば、こんないやな目《め》にあわなくてもすんだのに、と新平《しんぺい》は思《おも》っていた。

「さあさ、お祖父《じい》ちゃんにご挨拶《あいさつ》してね。」

お祖母《ばあ》ちゃんは、新平《しんぺい》を仏壇《ぶつだん》の前《まえ》へ連《つ》れていった。先祖代々《せんぞだいだい》のお位牌《いはい》がならんでいるなかに、お祖父《じい》ちゃんの新《あたら》しいお位牌《いはい》もあって、そばには写真《しゃしん》も飾《かざ》ってあった。

「お祖父《じい》ちゃん、新平《しんぺい》が来《き》てくれましたよ。」

お祖母《ばあ》ちゃんは、写真《しゃしん》のお祖父《じい》ちゃんに話《はな》しかけた。

「こんなに大《おお》きくなって、たったひとりで新幹線《しんかんせん》に乗《の》ってきたんですよ。」

写真《しゃしん》のお祖父《じい》ちゃんは、じっと新平《しんぺい》を見《み》つめていた。

夕方《ゆうがた》になると、お祖母《ばあ》ちゃんは玄関《げんかん》の外《そと》で、小《ち い》さな焚《た》き火《び》をはじめた。

「この迎《むか》え火《び》を目当《めあ》てにして、お祖父《じい》ちゃんやご先祖《せんぞ》さまが帰《かえ》っておいでになるのよ。」

薄暗《うすぐら》くなった街路《がいろ》を見《み》わたすと、あちこちに同《おな》じような火《ひ》が見《み》えた。近所《きんじょ》の家々《いえいえ》も、それぞれに迎《むか》え火《び》を燃《も》やしているのだった。

「ほんとに帰《かえ》ってくるの？」

新平《しんぺい》が疑《うたが》わしそうに聞《き》くと、

「ええ、みんなでね。」

お祖母《ばあ》ちゃんは微笑《ほほえ》みながら答《こた》えた。

新平《しんぺい》は急《きゅう》に背中《せなか》のあたりが寒《さむ》くなったような気《き》がした。ぶるぶるっと身体《からだ》がふるえた。

こわい夜《よる》が、もうはじまっていた。

新平《しんぺい》は座敷《ざしき》に、ひとりで寝《ね》ることになった。

「ねえ、いっしょに寝《ね》ようよ。」

そっと言《い》ってみたが、お祖母《ばあ》ちゃんは知《し》らん顔《かお》で、ふとんを一組《ひとくみ》だけ敷《し》いた。

「新平《しんぺい》は男《おとこ》の子《こ》だから、ひとりでもこわくないよね。……じゃあ、おやすみ。」

新平《しんぺい》を残《のこ》して、さっさと出《で》ていった。

もしかしたらママの差《さ》し金《がね》かもしれない、と新平《しんぺい》は思《おも》った。こわがりなことを知《し》っているくせに、わざとお祖母《ばあ》ちゃんに頼《たの》んだのだ。きっと、そうにちがいない。

「やだよう、……かんべんしてくれよ。」

新平《しんぺい》は、おそるおそる部屋《へや》のなかを見《み》まわした。まわりは障子《しょうじ》と襖《ふすま》でかこまれていた。

障子《しょうじ》に不気味《ぶきみ》な影《かげ》がうつっているような、音《おと》もなく開《あ》いた襖《ふすま》のあいだから青白《あおじろ》い顔《かお》がのぞいているような、そんな気《き》がした。

新平《しんぺい》は、あわてて目《め》をつぶり、ふとんにもぐりこんだ。しばらくすると、ほんとうに襖《ふすま》の開《あ》くけはいがして、だれか入《はい》ってきた。

「だめねえ、電気《でんき》をつけっぱなしにして。」

お祖母《ばあ》ちゃんの声《こえ》が聞《き》こえて、同時《どうじ》に蛍光灯《けいこうとう》のひもを引《ひ》っ張《ぱ》る音《おと》がした。

消《け》さないで、と新平《しんぺい》はあやうく叫《さけ》びだすところを必死《ひっし》でがまんした。——だって、男《おとこ》の子《こ》だから、と言《い》われたばかりなんだもの。

お祖母《ばあ》ちゃんが出《で》ていったあと、ふとんのなかで目《め》も耳《みみ》もふさいで、じっとしていた。暗闇《くらやみ》の向《む》こうから、得体《えたい》の知《し》れないものが近《ちか》づいてくるような予感《よかん》がした。

新平《しんぺい》は真《ま》っ暗《くら》な部屋《へや》のなかで、ふるえていた。どうしたわけか、ふとんはなくなっていて、ぽつんと畳《たたみ》の上《うえ》に坐《すわ》っているのだ。

これは夢《ゆめ》だ、とすぐに気《き》づいた。しかし、夢《ゆめ》だからといって安心《あんしん》はできない。

案《あん》の定《じょう》、四方八方《しほうはっぽう》から、すさまじい鼻息《はないき》が聞《き》こえる。猛獣《もうじゅう》か怪物《かいぶつ》かはとにかく、たくさんの恐《おそ》ろしいものにかこまれているらしい。それらが、じわじわとせまってくる。だが、新平《しんぺい》は金縛《かなしば》りになって動《うご》くこともできない。

「助《たす》けてえ、助《たす》けてえ。」

けんめいに叫《さけ》ぶのだが、声《こえ》にならない。かさかさと風《かぜ》のような音《おと》が出《で》てくるばかりだ。

そのあいだにも、まわりから恐《おそ》ろしい鼻息《はないき》と耐《た》えられないほど生《なま》ぐさい臭《にお》いがせまってくる。

こいつらに食《く》われてしまうんだ、と新平《しんぺい》は思《おも》う。きっと朝《あさ》になると、ふとんのなかに血《ち》まみれの骨《ほね》だけが横《よこ》たわっているだろう。

「お祖母《ばあ》ちゃあん、助《たす》けてよう。」

新平《しんぺい》は、たまらず泣《な》きだした。

そのとき、障子《しょうじ》の向《む》こうで声《こえ》がした。

「げげのぶしだ、げげのぶしが来《き》たぞう。」

すると、急《きゅう》にまわりが静《しず》かになって、それまでの恐《おそ》ろしい鼻息《はないき》や臭《にお》いが、嘘《うそ》のように、すっと消《き》えてしまった。

とたんに金縛《かなしば》りもとけて、新平《しんぺい》はふとんのなかで目《め》を覚《さ》ました。げげのぶしが来《き》たぞうという声《こえ》が、ありありと耳《みみ》に残《のこ》っていた。

ふとんの外《そと》に顔《かお》を出《だ》してみると、だれかが暗闇《くらやみ》に立《た》っているけはいがした。びっくりして、またもぐりこもうとすると、

「おい、こわがり新平《しんぺい》。」

と、低《ひく》く太《ふと》い声《こえ》が聞《き》こえた。

「これから、こわくなったら、おれを呼《よ》べ。げげのぶし、と口《くち》のなかで言《い》えばいい。」

それきり、人《ひと》のけはいは消《き》えた。

新平《しんぺい》は、げげのぶし、とつぶやきながら、また眠《ねむ》りのなかに入《はい》っていった。

つぎの晩《ばん》から新平《しんぺい》は、げげのぶし、げげのぶしと言《い》いながら眠《ねむ》ることにした。なにかあったら、げげのぶしが助《たす》けにきてくれると思《おも》うと、夜《よる》がこわくなくなった。

三日後《みっかご》、夕方《ゆうがた》になると、お祖母《ばあ》ちゃんがまた玄関《げんかん》の外《そと》で焚《た》き火《び》をはじめた。

「この送《おく》り火《び》の煙《けむり》に乗《の》って、お祖父《じい》ちゃんやご先祖《せんぞ》さまたちがお帰《かえ》りになるのよ。」

お祖母《ばあ》ちゃんは少《すこ》し淋《さび》しそうに言《い》った。

暗《くら》い空《そら》へと上《のぼ》っていく煙《けむり》を見送《みおく》りながら新平《しんぺい》は気《き》になっていることを聞《き》いてみた。

「ねえ、げげのぶしって知《し》ってる?」

「げげのぶしねえ。……ええ、知《し》ってるわ。」

お祖母《ばあ》ちゃんは、あっさりと言《い》った。

「それは下々《げげ》の武士《ぶし》といってね、だれよりも弱《よわ》くて最低《さいてい》の武士《ぶし》のことなのよ。」

新平《しんぺい》には思《おも》いがけなかった。こわいやつらを追《お》い払《はら》ってくれた、あのげげのぶしが最低《さいてい》の弱《よわ》い武士《ぶし》だったとは。

「むかし、この家《いえ》のご先祖《せんぞ》さまに下々《げげ》の武士《ぶし》と言《い》われた人《ひと》がいたそうよ。戦《たたか》いの時《とき》に、逃《に》げてばかりいたらしいの。」

お祖母《ばあ》ちゃんが言《い》った。

「ほんとは人《ひと》を殺《ころ》したり傷《きず》つけたりするのが大《だい》きらいな優《やさ》しい武士《ぶし》だったんだけど、こわがりで弱虫《よわむし》だと思《おも》われていたらしいの。」

新平《しんぺい》は、うなずいた。——げげのぶしは、ほんとは強《つよ》いのさ。だって名前《なまえ》を聞《き》いただけで、化《ば》け物《もの》が逃《に》げてしまうんだから。

「ところで新平《しんぺい》は、下々《げげ》の武士《ぶし》のことを、だれに聞《き》いたの？」

お祖母《ばあ》ちゃんが聞《き》いてきた。

新平《しんぺい》は、送《おく》り火《び》の煙《けむり》を追《お》いかけるふりをして街路《がいろ》を駆《か》けだした。もう暗《くら》いところでも、こわくはなかった。

走《はし》りながら、げげのぶしの声《こえ》を思《おも》いだしていた。なんとなく、お祖父《じい》ちゃんの声《こえ》にも似《に》ていたような気《き》がした。

蚊《か》取《とり》線《せん》香《こう》

村《むら》上《かみ》春《はる》樹《き》

それは理想的《りそうてき》な蚊取線香《かとりせんこう》だった。

もっとも何《なに》が理想的《りそうてき》かなんて、どの方向《ほうこう》から物《もの》ごとを眺《なが》めるかという問題《もんだい》にすぎないわけだから、直径《ちょっけい》が二メートルもあって二人《ふたり》がかりで運《はこ》ばなきゃならないような巨大《きょだい》な蚊取線香《かとりせんこう》を理想的《りそうてき》と呼《よ》ぶことはできない、と主張《しゅちょう》する人《ひと》が出《で》てきたってちっとも不思議《ふしぎ》じゃない。

しかし少《すく》なくとも、海亀《うみがめ》を追《お》い払《はら》うにはそれは理想的《りそうてき》な蚊取線香《かとりせんこう》だった。僕《ぼく》と彼《かの》女《じょ》はその蚊取線香《かとりせんこう》を手《て》に入《い》れた時《とき》には実《じつ》にホッとしたものだった。海亀《うみがめ》はその匂《にお》いをひどく嫌《いや》がった。だからもう夜中《よなか》にやってきて僕《ぼく》たちを咬《か》むこともできなくなったわけだ。海亀《うみがめ》には良《よ》い薬《くすり》になったことだろう。生《い》きていくのはそれほど簡単《かんたん》なことじゃない。例《たと》えそれが海亀《うみがめ》であってもだ。

海亀《うみがめ》は何日《なんにち》も姿《すがた》を見《み》せなかった。あるいは岩陰《いわかげ》に隠《かく》れて蚊取線香《かとりせんこう》の火《ひ》が消《き》える夜《よる》を待《ま》ちつづけているのかもしれない。そんな奴《やつ》なのだ。でも、そうはいくものか。僕《ぼく》たちは蚊取線香《かとりせんこう》の火《ひ》を絶《た》やさぬように細心《さいしん》の注意《ちゅうい》を払《はら》った。風《かぜ》が吹《ふ》き込《こ》まぬように寝《ね》る前《まえ》にはきちんと窓《まど》を閉《し》めたし、ストックは油紙《あぶらがみ》につつんで湿気《しっけ》の少《すく》ない場所《ばしょ》に鍵《かぎ》をかけて保管《ほかん》しておいた。

海亀《うみがめ》は僕《ぼく》たちのやりくちにひどく腹《はら》を立《た》てているようだ、と誰《だれ》かが僕《ぼく》に教《おし》えてくれた。きっと僕《ぼく》たちがそれほど気《き》の利《き》く人間《にんげん》だとは想像《そうぞう》もしなかったのだろう。

腹《はら》を立《た》てた海亀《うみがめ》は真夜中《まよなか》にやってきては前足《まえあし》で家《いえ》の郵便受《ゆうびんうけ》のふたをパタパタと鳴《な》らせて僕《ぼく》たちに嫌《いや》がらせをした。姿《すがた》こそ見《み》えなかったけれど海亀《うみがめ》の仕業《しわざ》にきまっている。朝《あさ》になって調《しら》べてみると家《いえ》のまわりは海亀《うみがめ》の足跡《あしあと》だらけだった。玄関《げんかん》にドロドロした海草《かいそう》をひと山《やま》吐《は》いていったこともある。何日《なんにち》も臭《にお》いが抜《ぬ》けなかったものだ。

しかし海亀《うみがめ》は僕《ぼく》たちを自分《じぶん》から隔《へだ》てているものが一本《ぽん》の蚊取線香《かとりせんこう》にすぎぬことをよく承知《しょうち》していた。ある日《ひ》海亀《うみがめ》は蚊取線香会社《かとりせんこうがいしゃ》の調査員《ちょうさいん》に化《ば》けて僕《ぼく》の家《いえ》に上《あ》がり込《こ》んできた。

「蚊取線香《かとりせんこう》の火《ひ》つきが悪《わる》いそうで。」と奴《やつ》は言《い》った。

「いや、そんなことはないよ、何《なに》かの間違《まちが》いじゃないかな。」

「でも会社《かいしゃ》に苦情《くじょう》が来《き》たものでね、一応調《いちおうしら》べなくちゃならないんです。」

奴《やつ》は十分《ぷん》ばかり蚊取線香《かとりせんこう》を調《しら》べるふりをした。「いやあ、こりゃひどいや、全部《ぜんぶ》ひきとってきちんと調査《ちょうさ》してみなくっちゃね。」

僕《ぼく》はためしにライターで蚊取線香《かとりせんこう》の先《さき》に火《ひ》をつけてみた。火《ひ》つきは悪《わる》くない。白《しろ》い煙《けむり》が部屋中《へやじゅう》に広《ひろ》がった。そして奴《やつ》はゴホゴホと咳《せ》きこみ始《はじ》めた。やはり海亀《うみがめ》だ。僕《ぼく》には最初《さいしょ》からわかっていたんだ。

何度《なんど》も繰《く》り返《かえ》すようだけど、僕《ぼく》たちは海亀《うみがめ》が考《かんが》えているほど馬鹿《ばか》じゃないんだ。

林《りん》檎《ご》

舟《ふな》崎《ざき》靖《やす》子《こ》

かぜなどひいていなければ、いまごろ学校《がっこう》のプールで、すみえちゃんと泳《およ》いでいるころだ。わたしはのろのろとふとんからおきあがり、台所《だいどころ》へ行《い》くと、冷蔵庫《れいぞうこ》をあけた。

ウィーンというモーターの音《おと》がして、つめたい空気《くうき》がとびだしてくる。

ミルク、キャベツ、たまご、長《なが》ねぎ、ジャムのびんづめ。青《あお》りんごがひとつ。

わたしはりんごをとりだすと、パジャマのすそで、きゅっきゅっとふきながら、ふとんにもぐりこんだ。

りんごは、すこし熱《ねつ》のあるわたしの手《て》に、とても気持《きも》ちがいい。わたしはりんごを口《くち》までもっていったけれど、食《た》べるのをやめて胸《むね》の上《うえ》にのせた。

となりのそば屋《や》の福々亭《ふくふくてい》から、野球《やきゅう》の放送《ほうそう》がきこえてくる。

目《め》をつぶると、拍手《はくしゅ》の口《くち》ぶえや応援団《おうえんだん》のたいこの音《おと》が、学校《がっこう》のプールのみんなのはしゃぎ声《ごえ》にきこえてくる。

「すみえちゃん、競争《きょうそう》だよ。」

わたしがいうと、

「ようし、ともよちゃんにはまけないよ。」

すみえちゃんも、顔《かお》の水《みず》をぷるんぷるんとはらってこたえる。とびこめないふたりは、プールのはじにぴたりとからだをくっつけて、「一、二、三!」で泳《およ》ぎだす。

息《いき》が苦《くる》しくなって、もうこれ以上《いじょう》泳《およ》げないとおもって顔《かお》をあげると、おなじように立《た》ちどまって、顔《かお》をぶるんぶるんとふっているすみえちゃんと目《め》があう。

「あっはっは。」

ふたりで指《ゆび》をさしあって、おなかをかかえてわらう。

どこからだろう、ワーッというかん声《せい》がきこえてくる。

「ピッチャー、投《な》げました。打《う》ちました!」

そんな声《こえ》もきこえてくる。エンジンの音《おと》がして、オートバイの走《はし》りだす音《おと》がきこえる。

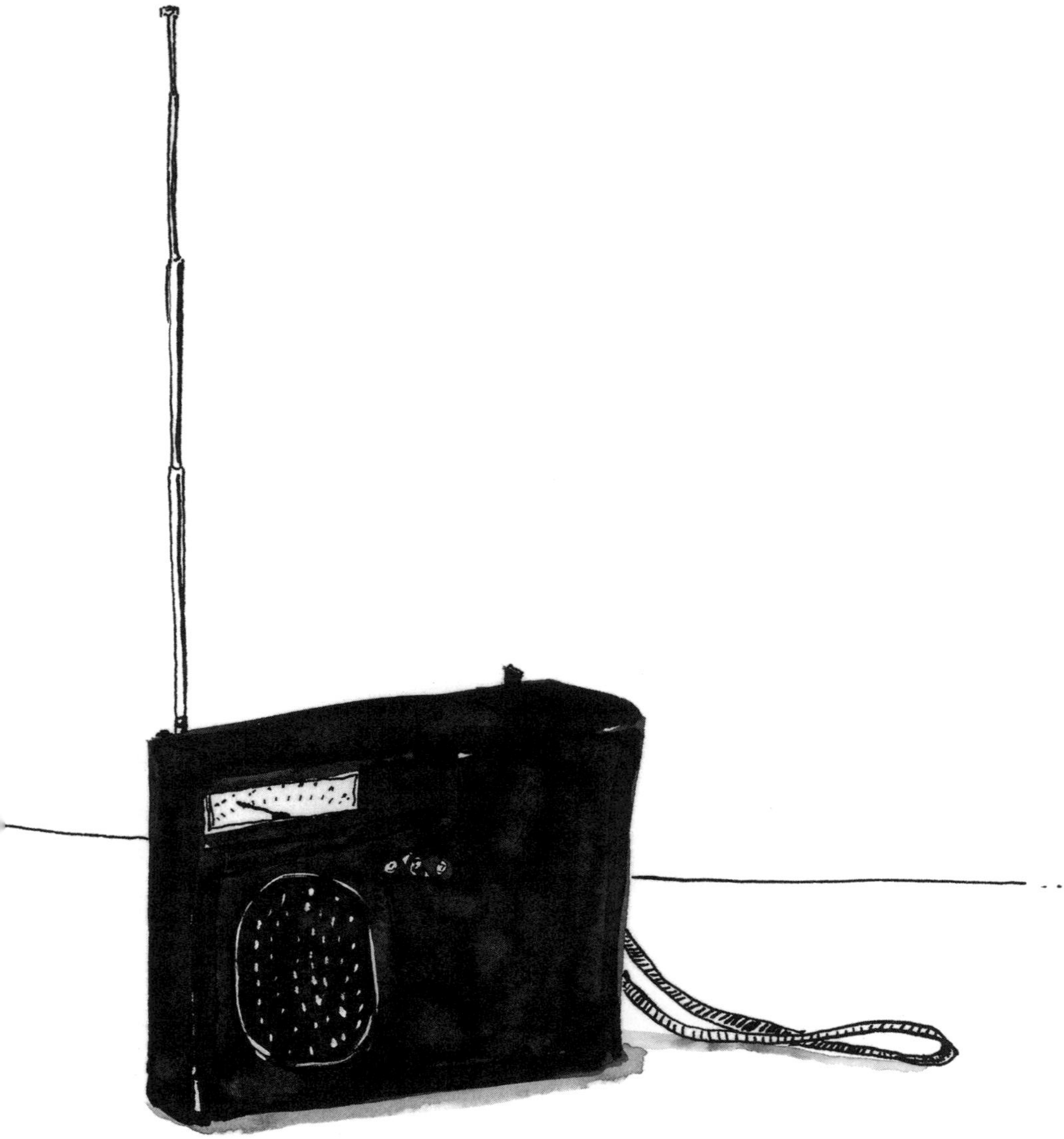

わたしは目《め》をあける。なあんだ、夢《ゆめ》だ。

いまのオートバイの音《おと》は、福々亭《ふくふくてい》のおじさんが、大《おお》きな銀色《ぎんいろ》のジュラルミンのおかもちをつんで、出前《でまえ》に出《で》かけていったんだろう。

「四回《かい》の裏《うら》、高知商業《こうちしょうぎょう》の攻撃《こうげき》です……。」

福々亭《ふくふくてい》のおじさんは、おそばといっしょにトランジスターラジオもつんでいったらしい。

とおざかるエンジンの音《おと》といっしょに、野球《やきゅう》の放送《ほうそう》もとおざかっていった。

じきにわたしは、目《め》をあけていられなくなる。

「ともよちゃん、もう一回競争《かいきょうそう》だよ。」

すみえちゃんの声《こえ》が、とおくからきこえる。

「オーケー。」

こたえるわたしの声《こえ》も、ずいぶんととおくからきこえる。

それから、わたしは、いっしょうけんめい口《くち》をうごかしてなにかしゃべったようなのだけれど、わたしのことばは、もうわたしの耳《みみ》にはきこえない。

すみえちゃんも、プールも、見《み》はり台《だい》も、見《み》はり台《だい》の上《うえ》の先生《せんせい》も、先生《せんせい》の胸《むね》のあたりで光《ひか》っているブリキのふえも、先生《せんせい》のはいている赤《あか》い海水《かいすい》パンツも、なにもかも見《み》えない。

胸《むね》の上《うえ》のりんごが、だんだんふくらんで重《おも》たくなっていく。

わたしは、しっかりと手《て》でりんごをおさえる。

うとうとすると、りんごはおそろしいはやさで、たちまち風船《ふうせん》のようにふくらんで、わたしの上《うえ》にのしかかってくる。

わたしが手《て》に力《ちから》を入《い》れてりんごをおさえつけると、りんごは、たちまちもとの大《おお》きさになる。

わたしがうとうとする。

りんごは、わたしが息《いき》をひとつするあいだに、アパートの屋上《おくじょう》にあるアドバルーンのようにふくらんでしまう。

わたしが手《て》に力《ちから》を入《い》れる。

りんごは、もとの大《おお》きさにもどる。

どのくらいくりかえしただろう。そのうちに、どんなにわたしが手《て》に力《ちから》を入《い》れておさえつけても、りんごはもとの大《おお》きさにもどらなくなった。

りんごは、すこしずつ大《おお》きくなって、どうにもならなくなった。

りんごは、いま、わたしのからだのなん倍《ばい》にもふくれて、わたしの顔《かお》はおしつぶされそうだ。

わたしは息苦《いきぐる》しくて、左右《さゆう》に首《くび》をふった。

りんごはわたしの上《うえ》にしっかりのしかかって、わたしをにがさない。

わたしはもう息《いき》をすることもできない。

むちゅうでわたしはわたしの口《くち》をふさいでいるりんごにかみついた。

胸《むね》がつぶれそうにつよいりんごのにおいがした。

一《ひと》くち、二《ふた》くち、りんごをかむと、ずいぶんと楽《らく》になった。つめたい空気《くうき》がほおにあたって気持《きも》ちがいい。

さっきまでわたしをおしつぶそうとして、どんどんふくらんでいたりんごは、どこへ行《い》ってしまったのだろう。

わたしは目《め》をあけた。

あけた目《め》を、すぐにわたしはつむった。あんまり明《あか》るくて目《め》がいたかったからだ。

つぶった目《め》を、こんどはゆっくりとあけた。

わたしはあたりを見《み》まわした。なんとふしぎなけしきだろう。わたしは、白《しろ》くて明《あか》るいトンネルの中《なか》に立《た》っていた。

出口《でぐち》も入《い》り口《ぐち》もないトンネルの白《しろ》いかべはぬれていて、りんごのあまいにおいで、息《いき》をするのが苦《くる》しいくらいだ。

わたしはいま、りんごの中《なか》を道《みち》のように走《はし》っている虫《むし》くいのあなの中《なか》に立《た》っている。

わたしは歩《ある》きだした。一歩《ぽ》歩《ある》くごとにサクサクという音《おと》がして、しもばしらの立《た》った道《みち》を歩《ある》いているようだ。

そしてまた、なんとつめたい世界《せかい》だろう。わたしが息《いき》をはきかけるたび、あたりに白《しろ》いもやがたちこめては、たちまち消《き》えた。

消《き》えていくもやと、わたしが息《いき》をするたびに生《う》まれるあたらしいもやのいくえにもかさなったむこうに、なにか赤《あか》いものが見《み》えた。

近《ちか》づいてみると、それは、赤《あか》い実《み》をひとつつけたほおずきの枝《えだ》だった。

わたしは、そっとほおずきの枝《えだ》をひろいあげた。

すると、ほおずきの実《み》の中《なか》にほっとあかりがともった。ほおずきの赤《あか》い実《み》は、まるでぼんぼりのように白《しろ》いトンネルのかべをてらした。

わたしが、ほおずきの枝《えだ》を高《たか》くかかげると、わたしをとじこめていた白《しろ》いトンネルは消《き》え、一面《いちめん》の雪《ゆき》げしきにかわった。

どこもかしこもまっ白《しろ》で、おもたい空《そら》からは、たえず風《かぜ》まじりの雪《ゆき》がふりしきっていた。とおくで木枯《こが》らしの音《おと》がきこえる。雪《ゆき》ははげしくふってはやみ、やんではふりだした。

そのけしきには見《み》おぼえがあったけれど、どこか思《おも》いだせない。

わたしは、高《たか》くかかげたほおずきのぼんぼりをしずかにゆすった。

すると、ぼんぼりは雪《ゆき》げしきといっしょに、わたしの心《こころ》のすみのくらがりをもあかあかとてらした。くらやみにしまわれていて、いまはすっかりわすれてしまった、思《おも》い出《で》をてらした。

「そうだ……。」

わたしは、雪《ゆき》の道《みち》を、あの日《ひ》のようにこばしりにかけだした。

六年《ねん》まえの冬《ふゆ》、わたしはとうさんにつれられて、新潟《にいがた》の上保内《かみほない》のおじさんの家《いえ》に旅行《りょこう》をした。おじいちゃんの三十三回忌《かいき》に、しんせきの人《ひと》たちがおじさんの家《いえ》に集《あつ》まることになっていた。

あの日《ひ》、わたしはこの道《みち》を、とうさんのさきに立《た》って歩《ある》きながら、ときどき立《た》ちどまって、とうさんがやってくるのをまった。それがとうさんとのさいごの旅行《りょこう》になるなんて、思《おも》ってもみなかった。

このほおずきのあかりにてらされた雪《ゆき》のけしきは、あの日《ひ》とうさんと歩《ある》いた上保内《かみほない》だ。あの日《ひ》とちがうのは、とうさんがいっしょでないこと。それに、じぶんの重《おも》みにたえかねて枝《えだ》のさきでゆらゆらゆれる、ほおずきのぼんぼりをもっていること。かしやけやきにまじって大《おお》きなさくらの木《き》が三本《ぼん》ならんでいるのが、おじさんの家《いえ》の目《め》じるしだった。

たてつけのわるい家畜小屋《かちくごや》のとびらが、風《かぜ》にあおられてあいたりとじたりしている。小屋《こや》に近《ちか》づくと、中《なか》からぶたたちの鼻《はな》をならす声《こえ》がきこえる。なにもかも、あの日《ひ》のままだ。

小屋《こや》の中《なか》にはよごれた五ひきのぶたたちが、からだをこすりあわせながら、ピンク色《いろ》の鼻《はな》をてんじょうにむけ、たえずもんくをいっているにちがいない。

わたしは、家畜小屋《かちくごや》のとびらをあけた。

ふぶきといっしょに中《なか》へはいると、小屋《こや》の中《なか》には、一ぴきのぶたもいなかった。

ぶたたちの鼻《はな》をならす音《おと》もぴたりとやんだ。

ぬれたコンクリートのゆかに、ほそ長《なが》いえさ箱《ばこ》がふたつおかれてあるだけだ。

えさ箱《ばこ》の中《なか》には、じゃがいもやにんじんがはいっていて、たったいままでぶたたちがいたらしいのだけれど、いくら目《め》をこすってもぶたのすがたはどこにもなかった。

わたしは家畜小屋《かちくごや》を出《で》ると、おじさんの家《いえ》の玄関《げんかん》のひき戸《ど》に手《て》をかけた。

「ごめんください……。」

中《なか》からはなんの返事《へんじ》もない。

わたしは重《おも》たいひき戸《ど》をあけ、玄関《げんかん》にはいった。

「ごめんください……。」

やはりなんの返事《へんじ》もない。

わたしはしき石《いし》にくつをぬぐと、家《いえ》にあがった。

わたしは、長《なが》くくらいろうかを、ほおずきのぼんぼりを高《たか》くかかげて歩《ある》きだした。

家《いえ》の中《なか》はあいかわらずしんとしずまりかえっている。

わたしは、かかげたぼんぼりをしずかにゆらした。

すると、ろうかのさきにある二間《ふたま》つづきの和室《わしつ》から、木枯《こが》らしのような音《おと》がきこえてきた。

近《ちか》づくと、それは、人々《ひとびと》のさざめきあう声《こえ》や拍手《はくしゅ》の音《おと》だった。

わたしがしょうじの外《そと》に立《た》ったとき、部屋《へや》の中《なか》はいっときしずまりかえり、とつぜんぴんとはったかん高《だか》い声《こえ》の民謡《みんよう》がきこえてきた。

それは、なつかしいとうさんのうたう庄内甚句《しょうないじんく》だった。

わたしはじっとしていられなかった。

このしょうじのむこうに、あの日《ひ》のとうさんがいる。あの日《ひ》のとうさんが、あの日《ひ》のように目《め》をつぶって、あの日《ひ》の庄内甚句《しょうないじんく》をうたっている。

「とうさん！」

わたしはしょうじをいきおいよくあけた。

けれど、そこにはだれもいなかった。とうさんのうたう庄内甚句《しょうないじんく》も、もうきこえない。

広《ひろ》い二間《ふたま》つづきのたたみの部屋《へや》には、あの日《ひ》のままに、四十人分《にんぶん》の黒《くろ》ぬりの小《ちい》さなおぜんと、おぜんの上《うえ》にならぶさかなのやきもの、ぬた、すいもの、あげもの……。

おかんをしたおちょうしはまだあつかったし、四十のおぜんの前《まえ》にしいてある四十のざぶとんには、ほんのいままで人《ひと》のすわっていたぬくもりがあった。

けれど、だあれもいない。

わたしはおぜんの前《まえ》にすわった。

そして、だれもいないうすぐらい部屋《へや》の中《なか》を、ほおずきのぼんぼりを高《たか》くかかげててらした。

まるで合図《あいず》のように、てんじょうのうすくらがりから、いっせいに雪《ゆき》がふりだした。

こな雪《ゆき》だった。雪《ゆき》はまいながらだんだんはげしくふりだした。

わたしにはもうなんにも見《み》えない。わたしの高《たか》くかかげたぼんぼりだけがほのかに明《あか》るい。

そうだ、いつかずっとまえ、小田原《おだわら》の海《うみ》にもこんなふうに雪《ゆき》がふっていたっけ。

「海《うみ》は寒《さむ》くないの?」

わたしがたずねると、たみこおばさんは、わたしのおかっぱ頭《あたま》をくるくるっとなでてわらいながら、

「海《うみ》はね、どんなに寒《さむ》くっても平気《へいき》なのよ、心《こころ》がないんですもの。」

といった。

海《うみ》にふる雪《ゆき》がけっしてつもらずに、つぎつぎ灰色《はいいろ》の波《なみ》のあいだにすいこまれていくのもふしぎだったけれど、海《うみ》に心《こころ》がないというのはもっとふしぎだった。心《こころ》がないのに、海《うみ》はどうしてあんなにいろいろな色《いろ》にかわるのかふしぎだった。五秒《びょう》とおなじ色《いろ》をしていないのがふしぎだった。

おとなは、もしかしたらときどきはうそをつくのではないかしらと思《おも》った。

いつかむかし、かあさんに手《て》をひかれて登《のぼ》った切《き》り通《どお》しの道《みち》にも、雪《ゆき》がふっていたっけ。

それからまた、絵本《えほん》を読《よ》むのにつかれてふと顔《かお》をあげたけしきの中《なか》にも、雪《ゆき》がふっていた。

だれかによばれたような気《き》がしてふりかえったけしきの中《なか》にも、おもてに出《で》ようと手《て》をかけたこうし戸《ど》のむこうにも、雪《ゆき》がふっていた。

いま、ほおずきのぼんぼりがてらしだす思《おも》い出《で》のすべてのけしきの中《なか》に、雪《ゆき》がふっている。

そういえば、いつか見《み》た夢《ゆめ》の中《なか》にも雪《ゆき》がふっていた。わたしはだれもいない学校《がっこう》の校庭《こうてい》に立《た》っていた。雪《ゆき》がつもっていて、けしきはなにもかもまるかった。世界《せかい》のはてまで行《い》ってもわたしはだれにも会《あ》えないだろうと思《おも》った。どこもここも雪《ゆき》がふっていて、だれもが上手《じょうず》にけしきの裏側《うらがわ》にかくれてしまったのだ。わたしだけがかくれそこねて、こんなふうにはじきだされてしまったのだ。いつもなら、

「そんなことないよ。」

と、わたしの中《なか》のもうひとりのわたしがいいだすのだけれど、あのときはあまりのさみしさに、なぐさめてくれるはずのもうひとりのわたしもだまりこくっていた。

雪《ゆき》のふりしきる大空《おおぞら》を、ギチギチとねじのほどける音《おと》をたてて、ねじ巻《ま》きの大《おお》きなばったが、ブリキのはねを光《ひか》らせていくつもいくつもとんでいった。

あの日《ひ》の夢《ゆめ》の中《なか》にもこんなふうに雪《ゆき》がふっていたっけ。

甲府《こうふ》のぶどう畑《ばたけ》にも雪《ゆき》がふっていた。冬《ふゆ》のぶどうの木《き》には一まいの葉《は》っぱも実《み》もなく、まるで枯《か》れた木《き》のようだった。

ぶどう畑《ばたけ》の入《い》り口《ぐち》から出口《でぐち》までのほそい道《みち》を、わたしはいとこのけいこちゃんと歩《ある》いていた。パチンパチンとはさみの音《おと》がする。ふりむくと、だれもいない。

「ともよちゃん、あの音《おと》はね、とうさんが、はさみでぶどうの実《み》をつんでいるんだよ。」

けいこちゃんがそういった。

「だって、おじさん死《し》んじゃって、もういないじゃない。」

わたしがいうと、

「死《し》んでもああしてぶどうの実《み》をかりとりにくるんだよ。はじめのうちはちゃんと九月《がつ》ごろきてたんだ。でもね、そのうち一年中《ねんじゅう》やってくるようになったんだよ。きっと、とうさん、死《し》んじゃったから、季節《きせつ》がわかんないんだね。あはは。」

けいこちゃんはわらった。

ぶどう畑《ばたけ》のはるかとおくの出口《でぐち》が、きらきらと光《ひか》っている。

「あそこがあんなに明《あか》るいわけ、知《し》ってる?」

けいこちゃんがたずねた。

「知《し》らない。」

わたしがこたえると、

「畑《はたけ》を出《で》ると、すぐ川《かわ》が流《なが》れているんだよ。その川《かわ》の光《ひかり》だよ。晴《は》れているときより、曇《くも》っているときや雪《ゆき》のふっているときのほうが、川《かわ》はずっとまぶしいよ。」

と、けいこちゃんはいった。

「なんていう川《かわ》?」

わたしがたずねると、

「知《し》らん。」

けいこちゃんがいった。

それっきり、わたしたちは話《はなし》をしなかった。ぶどう畑《ばたけ》の出口《でぐち》の明《あか》るさは、あれはほんとうに川《かわ》の明《あか》るさかしら。

わたしは、まるで糸《いと》にでもひかれるように、その明《あか》るさにむかって歩《ある》いていった。

出口《でぐち》に近《ちか》づくと、

「打《う》ちました、打《う》ちました!」

アナウンサーの声《こえ》と、ワーッというかん声《せい》やふえの音《おと》、たいこの音《おと》がきこえてきた。こんな雪《ゆき》の日《ひ》に、いったいどこで野球《やきゅう》をやっているのだろう。

それは、ぶどう畑《ばたけ》の出口《でぐち》を出《で》るとすぐにわかった。川《かわ》むこうの雪《ゆき》の草原《そうげん》で、人《ひと》びとが集《あつ》まって野球《やきゅう》をしているのだった。

「ピッチャー、投《な》げました。外角《がいかく》カーブ、ボール、ワンストライク、ツーボール……。」

ふたたびワーッという声《こえ》がきこえる。

福々亭《ふくふくてい》のおじさんに教《おし》えてあげたいな。そうしたらきっと、あの大《おお》きなジュラルミンのおかもちをオートバイにつんで、やってくるだろうな。

「ピッチャー、投《な》げました。四球目《きゅうめ》、ストライク！」

それはまるで、ラジオからきこえてくるアナウンサーの声《こえ》のようだ。

わたしはほおずきのぼんぼりを高《たか》くかかげて、

「がんばれ、がんばれっ。」

といった。

すると、びっくりするほど近《ちか》くでだれかの声《こえ》がする。

「りんごがないわ。どこにいっちゃったのかしら。」

オートバイのとまる音《おと》がする。川《かわ》の明《あか》るさが、もうがまんできないくらいまぶしい。

「ともよ、あんた、りんご食《た》べちゃった?」

目《め》をあけると、ほうちょうをもったかあさんが、わたしの顔《かお》をのぞきこんでいる。

「冷蔵庫《れいぞうこ》にはいっていたりんご、食《た》べちゃった?」

かあさんが、もういちどたずねた。

「りんご?」

わたしは、かあさんがなにをいっているのかしばらくわからなかった。

「りんごよ。」

かあさんにいわれて、わたしはのろのろとかけぶとんをはぐった。

すると、ふとんの中《なか》から青《あお》りんごがひとつころがりだした。りんごは、ふとんの中《なか》ですっかりあたたまってしまっていた。

「さんざんさがしたんだよ。お昼《ひる》にサラダを作《つく》ろうと思《おも》って冷蔵庫《れいぞうこ》あけたら、りんごがないじゃない。たしかに朝《あさ》ひとつあったのに。」

かあさんはわたしからりんごをうけとると、

「おお、あったかい。いやになっちゃうねえ、こんなあたたかいりんご、まずいったらありゃしない。」

といいながら、台所《だいどころ》へ行《い》ってしまった。

目《め》をつぶると、またねてしまいそうだ。台所《だいどころ》で、かあさんがりんごをきざむ音《おと》がする。

わたしがほおずきのぼんぼりをかかげて通《とお》りぬけた、上保内《かみほない》の雪道《ゆきみち》をきざむ音《おと》がする。

とびらのこわれた家畜小屋《かちくごや》を、父《とう》さんのうたう庄内甚句《しょうないじんく》を、けいこちゃんと歩《ある》いた果樹園《かじゅえん》の寒《さむ》い道《みち》をきざむ音《おと》がする。

果樹園《かじゅえん》の出口《でぐち》の川《かわ》のまぶしさを、川《かわ》むこうの草原《そうげん》を、野球《やきゅう》をする人《ひと》たちをきざむ音《おと》がする。

こまかにこまかにきざんで、なにもかもりんごのひと切《き》れにしてしまう音《おと》がする。わたしもいつかかあさんになったら、あんなふうに、ほうちょうで上手《じょうず》にりんごが切《き》れるようになるのかしら。そして、一このりんごを、ただのりんごの一《ひと》きれにしてしまうのかしら。

解説《かいせつ》

野上《のがみ》　暁《あきら》

六月《がつ》は、一年中《いちねんじゅう》でいちばん雨《あめ》の多《おお》い梅雨《つゆ》の季節《きせつ》です。長雨《ながあめ》のうっとうしい日《ひ》が続《つづ》きますが、この雨《あめ》のおかげで作物《さくもつ》は生長《せいちょう》していきます。カタツムリも、湿気《しっけ》の多《おお》いこの時期《じき》が大好《だいす》きで、庭《にわ》や公園《こうえん》の植《う》えこみなどでよく見《み》ることができます。

「蝸牛《かたつむり》の道《みち》」は、詩人《しじん》で小説家《しょうせつか》の**清岡卓行《きよおかたかゆき》**さんの、**『幼《おさな》い夢《ゆめ》と』**（河出書房新社《かわでしょぼうしんしゃ》）という詩集《ししゅう》の中《なか》の一編《いっぺん》です。作者《さくしゃ》が五十二歳《さい》のときに生《う》まれた末《すえ》っ子《こ》のしぐさや言葉《ことば》を、こまやかに見《み》つめながら、その新鮮《しんせん》なおどろきや喜《よろこ》びを詩《し》にしました。

そのなかに収《おさ》められた「恐竜展《きょうりゅうてん》で」という作品《さくひん》は、「――あれは恐竜《きょうりゅう》のオチンチン？」という、子《こ》どもの疑問《ぎもん》から詩《し》がはじまります。レッドキング、ゴモラ、アボラスなど、映画《えいが》やテレビに登場《とうじょう》した怪獣《かいじゅう》に夢中《むちゅう》になる子《こ》どもと、恐竜展《きょうりゅうてん》をいっしょに見《み》るお父《とう》さんが、楽《たの》しく描《えが》かれています。

清岡《きよおか》さんは、日本《にほん》の植民地《しょくみんち》だったころの、中国《ちゅうごく》の大連《だいれん》という町《まち》に生《う》まれました。

一九四六年《ねん》、中学《ちゅうがく》・高校時代《こうこうじだい》からともだちだった、原口統三《はらぐちとうぞう》という詩人《しじん》が、『二十歳《はたち》のエチュード』という詩集《ししゅう》を残《のこ》して自殺《じさつ》したことに、大《おお》きなショックを受《う》けます。でも、奥《おく》さんとの日々《ひび》が、清岡《きよおか》さんの心《こころ》をすくいました。だから、奥《おく》さんについて書《か》いた詩《し》がたくさんあります。

その後《ご》、清岡《きよおか》さんは、二十年以上《ねんいじょう》いっしょに過《す》ごした愛《あい》する奥《おく》さんを亡《な》くし、また大《おお》きなショックを受《う》けます。しかし、そのつぎの年《とし》に、若《わか》いころの奥《おく》さんとの出会《であ》いを、小説《しょうせつ》**『アカシアの大連《だいれん》』**（講談社《こうだんしゃ》）に書《か》き、芥川賞《あくたがわしょう》を受賞《じゅしょう》しました。**『幼《おさな》い夢《ゆめ》と』**の詩《し》は、まるでおじいさん気分《きぶん》のお父《とう》さんの目《め》をとおして、再婚《さいこん》して生《う》まれた男《おとこ》の子《こ》の、小学校《しょうがっこう》に入学《にゅうがく》するころまでを優《やさ》しく見《み》つめ、まぶしい夢《ゆめ》の世界《せかい》のように詩《し》にうたいました。

「お母《かあ》さんはかたつむり」は、こんなことが本当《ほんとう》にあったらどうしようかと、ちょっとこわくなるような、ふしぎなお話《はなし》ですね。この作品《さくひん》が入《はい》っている短編集《たんぺんしゅう》**『きもち半分《はんぶん》宇宙人《うちゅうじん》』**（国土社《こくどしゃ》）には、おなじようなおもしろいお話《はなし》が、十一編《ぺん》もつまっています。

作者《さくしゃ》の**矢玉四郎《やだましろう》**さんは、自分《じぶん》で絵《え》も描《か》いて、あっと驚《おどろ》くお話《はなし》を、たくさん作《つく》っています。日記帳《にっきちょう》にあしたの日付《ひづけ》でメチャクチャなことを書《か》いたら、それが本当《ほんとう》になって、空《そら》からブタがふってくる**『はれときどきぶた』**（岩崎書店《いわさきしょてん》）は、奇想天外《きそうてんがい》なおもしろさで、大《だい》ヒットしました。

この「**はれぶた**」**シリーズ**では、どの本《ほん》でもおかしな事件《じけん》がつぎつぎとおこって、わらいがとまりません。**『あしたぶたの日《ひ》ぶたじかん』**では、「うそしんぶん」を作《つく》ったら、また、ぶたがいっぱい飛《と》びだしてきます。**『ぼくときどきぶた』**では、主人公《しゅじんこう》がぶたになってしまうし、**『ぼくへそまでまんが』**では、主人公《しゅじんこう》の描《えが》いたマンガのキャラクターたちが、つぎつぎと登場《とうじょう》して大《おお》さわぎ。**『ゆめからゆめんぼ』**では、ゆめの中《なか》のおかしなことが、みんな本当《ほんとう》になっちゃうんだから、もうたいへんです。

矢玉《やだま》さんが書《か》く本《ほん》には、へんなキャラクターがいっぱい出《で》てきて、メチャメチャなことがつぎつぎとおこるから、読《よ》みはじめたらやめられません。**『しゃっくり百万《ひゃくまん》べん』**（偕《かい》成社《せいしゃ》）では、しゃっくりがとまらなくなった男《おとこ》の子《こ》が、カップうどんからあらわれたキツネに、「しゃっくりが百万《ひゃくまん》べんでると、死《し》ぬぞよ」とおどかされて、まっさおになります。キツネにいわれたとおりに、しゃっくりをとめる方法《ほうほう》をいろいろとためすのですが、へんな妖怪《ようかい》がつぎつぎとあらわれ、家《いえ》の中《なか》はメチャクチャになってしまうのです。

「さそりの井戸《いど》」は、人気《にんき》ミステリー作家《さっか》、**北村薫《きたむらかおる》**さんの童話集《どうわしゅう》**『月《つき》の砂漠《さばく》をさばさばと』**（新潮社《しんちょうしゃ》）の中《なか》の一編《いっぺん》です。この本《ほん》には、小学《しょうがく》三年生《ねんせい》のさきちゃんと、お話《はなし》を作《つく》る仕事《しごと》をしているおかあさんの、ほんわかとした会話《かいわ》やりとりをユーモラスに描《えが》いた作品《さくひん》が、十二編《へん》収《おさ》められています。

さきちゃんは、おかあさんのできたてのお話《はなし》を寝《ね》る前《まえ》に聞《き》けるのが、ちょっとじまん。でも、おかあさんは、ヨーカドーに買《か》い物《もの》に行《い》った帰《かえ》りにお話《はなし》を落《お》としちゃって、「お話《はなし》、どこだー。お話《はなし》、どこだー」ってさがしに行《い》き、「──そしたら、ご近所《きんじょ》の三毛猫《みけねこ》さんがひろっていたの」なんて、お話《はなし》が続《つづ》いていく「くまの名前《なまえ》」。

信号《しんごう》の前《まえ》で「──あの青《あお》に間《ま》に合《あ》うと思《おも》う？」というおかあさんの言葉《ことば》を、「花王《はなおう》に豆《まめ》まくと思《おも》う？」とか、「ワンニャン大行進《だいこうしん》」を「般若大行進《はんにゃだいこうしん》」とか、さきちゃんが聞《き》きまちがえる「聞《き》きまちがい」。

どのお話《はなし》にも、おーなり由子《ゆうこ》さんの絵《え》がカラーでついています。ほかのお話《はなし》も、ぜひ読《よ》んでみてください。

「雨《あめ》あがり」は、**『星占師《ほしうらないし》のいた街《まち》』**（偕成社《かいせいしゃ》）に収《おさ》められた「12のオルゴール」の中《なか》の一編《いっぺん》です。この本《ほん》には、ちょっとふしぎで、幻想的《げんそうてき》なお話《はなし》がいっぱい入《はい》っています。

作者《さくしゃ》の**竹下文子**《たけしたふみこ》さんは、童話集《どうわしゅう》『**星**《ほし》**とトランペット**』（講談社《こうだんしゃ》）、『**窓**《まど》**のそばで**』『**風町**《かぜまち》**通信**《つうしん》』（以上偕成社《いじょうかいせいしゃ》）など、季節《きせつ》のうつろいや自然《しぜん》や草花《くさばな》や小動物《しょうどうぶつ》を、まるで詩《し》のようにちりばめた短編童話《たんぺんどうわ》をたくさん書《か》いています。また、いそがしくて「ネコの手《て》も借《か》りたいくらいだ」といったおばさんの家《いえ》に、ほんとうにネコがおてつだいに来《き》て、失敗《しっぱい》ばかりくりかえす『**わたしおてつだいねこ**』（金《きん》の星社《ほししゃ》）などもシリーズになってよく読《よ》まれています。

ケンという少年《しょうねん》が、黒《くろ》ねこのサンゴロウに出会《であ》い、いっしょにうみねこ族《ぞく》の宝《たから》をさがしに旅《たび》に出《で》る、「**黒**《くろ》**ねこサンゴロウ**」**シリーズ**（偕成社《かいせいしゃ》）は、わくわくする冒険物語《ぼうけんものがたり》です。『**旅**《たび》**のはじまり**』を第《だい》一作《さく》に、「**黒**《くろ》**ねこサンゴロウ旅**《たび》**のつづき**」**シリーズ**と合《あ》わせて全《ぜん》十巻《かん》書《か》かれています。だんだんスケールが大《おお》きなお話《はなし》になっていき、ちょっとむずかしいテーマが出《で》てきます。最初《さいしょ》の一冊《いっさつ》を読《よ》みはじめると、最後《さいご》まで読《よ》みたくなる魅力的《みりょくてき》な物語《ものがたり》です。

「**電信柱**《でんしんばしら》**に花**《はな》**が咲**《さ》**く**」の作者《さくしゃ》の**杉**《すぎ》**みき子**《こ》さんは、「赤《あか》い蝋燭《ろうそく》と人魚《にんぎょ》」などで有名《ゆうめい》な童話《どうわ》作家《さっか》の小川未明《おがわみめい》と同《おな》じ新潟県高田市《にいがたけんたかだし》（現在《げんざい》の上越市《じょうえつし》）に生《う》まれました。卒業《そつぎょう》した小学校《しょうがっこう》まで未明《みめい》と同《おな》じで、子《こ》どもの頃《ころ》から未明童話《みめいどうわ》に親《した》しんでいたといいますから、その影響《えいきょう》も大《おお》きかったのでしょう。高田《たかだ》は、冬《ふゆ》になると屋根《やね》まで雪《ゆき》が積《つ》もるくらい雪《ゆき》の多《おお》い町《まち》です。杉《すぎ》さんは、大学卒業後《だいがくそつぎょうご》も高田《たかだ》に住《す》み、**『雪《ゆき》の下《した》のうた』**（理論社《りろんしゃ》）、**『小《ちい》さな雪《ゆき》の町《まち》の物語《ものがたり》』**（童心社《どうしんしゃ》）など、雪国《ゆきぐに》のふるさとを舞台《ぶたい》にした童話《どうわ》をたくさん書《か》いています。

この作品《さくひん》は、短編集《たんぺんしゅう》**『小《ちい》さな町《まち》の風景《ふうけい》』**（偕成社《かいせいしゃ》）の、「電柱《でんちゅう》のある風景《ふうけい》」の中《なか》のひとつです。この本《ほん》には、全部《ぜんぶ》で四十五の物語《ものがたり》が入《はい》っていますが、どの作品《さくひん》からも、子《こ》どもの頃《ころ》の思《おも》い出《で》や雪国《ゆきぐに》のくらしとともに、杉《すぎ》さんのふるさとの町並《まちなみ》や自然《しぜん》や風景《ふうけい》が、まるで絵《え》に描《か》いたように、あざやかにうかびあがってきます。

七月《がつ》になって梅雨《つゆ》が明《あ》けると、本格的《ほんかくてき》な暑《あつ》い夏《なつ》がやってきて、後半《こうはん》になると夏休《なつやす》みが始《はじ》まります。七月七日《がつなのか》は七夕《たなばた》で、笹竹《ささだけ》に願《ねが》いごとを書《か》いた短冊《たんざく》をつるしたりしますね。

一九三七年《ねん》の七月七日《がつなのか》は、中国《ちゅうごく》の盧溝橋《ろこうきょう》というところで、日本《にほん》と中国《ちゅうごく》の軍隊《ぐんたい》が衝突《しょうとつ》して、日中戦争《にっちゅうせんそう》がはじまり、七夕《たなばた》どころではなかったでしょう。この日《ひ》から、日本《にほん》は世界《せかい》の国々《くにぐに》を相手《あいて》にした悲惨《ひさん》な戦争《せんそう》に突入《とつにゅう》し、たくさんの人《ひと》びとが亡《な》くなりました。

「教科書《きょうかしょ》」は、少年詩集《しょうねんししゅう》**『油屋《あぶらや》のジョン』**（理論社《りろんしゃ》）の中《なか》の一編《いっぺん》です。作者《さくしゃ》の**松永伍一《まつながごいち》**さんは、一九三〇年《ねん》に福岡県《ふくおかけん》の柳川《やながわ》の近《ちか》くに生《う》まれました。日中戦争《にっちゅうせんそう》がはじまった年《とし》には、小学《しょうがく》一年生《ねんせい》か二年生《ねんせい》だったでしょうから、入学《にゅうがく》して最初《さいしょ》に出会《であ》った国語《こくご》の教科書《きょうかしょ》の文章《ぶんしょう》と、戦争《せんそう》のイメージが強《つよ》く印象《いんしょう》に残《のこ》っているのでしょう。

松永《まつなが》さんが、良太《りょうた》という少年《しょうねん》を主人公《しゅじんこう》にした自伝的《じでんてき》な小説《しょうせつ》**『少年《しょうねん》　良太《りょうた》の橋《はし》』**（理論社《りろんしゃ》）にも、小学《しょうがく》五年生《ねんせい》のときに担任《たんにん》になったばかりの若《わか》い先生《せんせい》が、兵隊《へいたい》にとられるために学校《がっこう》をやめる場面《ばめん》がつぎのように書《か》かれています。

「――先生《せんせい》は七月《がつ》になったら兵隊《へいたい》になる。それできみたちともお別《わか》れだ。きびしいけど仕方《しかた》がない。きみたちは銃後《じゅうご》の少国民《しょうこくみん》として、お国《くに》のために頑張《がんば》ってくれ」先生《せんせい》は、目《め》に涙《なみだ》をため、話《はな》しながら外《そと》の景色《けしき》をときどき見《み》た。先生《せんせい》は、戦争《せんそう》にいっても元気《げんき》で帰《かえ》ってくるだろうか、と良太《りょうた》は思《おも》う。もう村《むら》でも五回《かい》ぐらい「村葬《そんそう》」があった。

松永《まつなが》さんは、「たった一度《いちど》しかない少年時代《しょうねんじだい》を、私《わたし》たちは戦争《せんそう》によって塗《ぬ》りつぶされてしまった。いまになっても、そのことをおもうとくやしい」とのべています。松永《まつなが》さんは、詩人《しじん》としても活躍《かつやく》する一方《いっぽう》で、童謡《どうよう》や子守唄《こもりうた》を研究《けんきゅう》した本《ほん》を何冊《なんさつ》も出版《しゅっぱん》しています。

「のんのんばあ」は、**「ゲゲゲの鬼太郎《きたろう》」**などのマンガで大人気《だいにんき》の、**水木《みずき》しげる**さんの少年時代《しょうねんじだい》を描《えが》いた**『のんのんばあとオレ』**（筑摩書房《ちくましょぼう》）の中《なか》のお話《はなし》です。子《こ》どもの頃《ころ》から、空想《くうそう》することが好《す》きだった水木《みずき》さんは、のんのんばあから聞《き》いたお話《はなし》がきっかけになって、「ゲゲゲの鬼太郎《きたろう》」に登場《とうじょう》するような、個性豊《こせいゆた》かな妖怪《ようかい》をたくさん生《う》みだしました。

水木《みずき》さんは、少年時代《しょうねんじだい》から絵《え》が得意《とくい》でした。十六歳《さい》の時《とき》には、グリムやアンデルセンの童話《どうわ》を絵本《えほん》にしたりして画家《がか》を目指《めざ》しますが、二十一歳《さい》のときに召集令状《しょうしゅうれいじょう》が来《き》て、ラバウルという南《みなみ》の島《しま》に兵隊《へいたい》として連《つ》れていかれます。激《はげ》しい戦闘《せんとう》と地獄《じごく》のような軍隊生活《ぐんたいせいかつ》の中《なか》で、マラリアという伝染病《でんせんびょう》にかかり寝込《ねこ》んでいるところを爆撃《ばくげき》され、左腕《ひだりうで》を失《うしな》いますが、辛《かろ》うじて命《いのち》は助《たす》かりました。このころのことは、**『水木《みずき》しげるの娘《むすめ》に語《かた》るお父《とう》さんの戦記《せんき》』**（河出文庫《かわでぶんこ》）に、くわしく書《か》かれています。

戦争《せんそう》が終《お》わって日本《にほん》に帰《かえ》ってから、紙芝居《かみしばい》の絵描《えか》きになり、「ゲゲゲの鬼《き》太郎《たろう》」のもとになる作品《さくひん》などを描《か》きます。そのうち、紙芝居《かみしばい》の仕事《しごと》もなくなり、東京《とうきょう》に出《で》てきて、戦争《せんそう》もののシリーズで人気《にんき》になり、マンガ家《か》として認《みと》められていきました。それから、「ゲゲの鬼太郎《きたろう》」の最初《さいしょ》の作品《さくひん》の「幽霊一家《ゆうれいいっか》」や「墓場鬼太郎《はかばきたろう》」を発表《はっぴょう》し、「河童《かっぱ》の三平《さんぺい》」や「悪魔《あくま》くん」など、後《のち》に大《だい》ヒットするマンガをつぎつぎと出版《しゅっぱん》するのです。

少年時代《しょうねんじだい》から、マンガ家《か》になって活躍《かつやく》するまでの話《はなし》は、**『ねぼけ人生《じんせい》』**（ちくま文庫《ぶんこ》）に、くわしく紹介《しょうかい》されています。水木《みずき》さんの書《か》いた文章《ぶんしょう》は、悲惨《ひさん》な話《はなし》でもマンガみたいにとぼけていて、どことなくユーモラスです。

江國香織《えくにかおり》さんの**「七月《しちがつ》の卵《たまご》」**は、『飛《と》ぶ教室《きょうしつ》』（楡出版《にれしゅっぱん》）という雑誌《ざっし》にのった作品《さくひん》です。江國《えくに》さんは、「草之丞《くさのじょう》の話《はなし》」という作品《さくひん》で、「花《はな》いちもんめ〈小《ちい》さな童話《どうわ》〉大賞《たいしょう》」を受賞《じゅしょう》して作家《さっか》デビューしました。「草之丞《くさのじょう》の話《はなし》」は、女優《じょゆう》のおかあさんと、三百年《びゃくねん》以上《いじょう》も昔《むかし》に亡《な》くなった侍《さむらい》の幽霊《ゆうれい》が恋《こい》をして、主人公《しゅじんこう》の少年《しょうねん》が生《う》まれたという、幻想的《げんそうてき》でふしぎなお話《はなし》です。この作品《さくひん》をふくめて、九つの短編《たんぺん》が入《はい》った最初《さいしょ》の童話集《どうわしゅう》**『つめたいよるに』**（理論社《りろんしゃ》・新潮文庫《しんちょうぶんこ》）には、時間《じかん》や空間《くうかん》を超《こ》えた、ちょっと大人《おとな》っぽい恋《こい》の物語《ものがたり》が、収《おさ》められています。

『**綿菓子**《わたがし》』（理論社《りろんしゃ》）は、結婚《けっこん》した姉《あね》の昔《むかし》の恋人《こいびと》だった大学生《だいがくせい》に、十三歳《さい》の少女《しょうじょ》が恋《こい》をするという、ちょっと背伸《せの》びした大人気分《おとなきぶん》の作品《さくひん》です。江國《えくに》さんは、大人《おとな》の恋愛小説《れんあいしょうせつ》をたくさん書《か》いて、若《わか》い女性《じょせい》に大人気《だいにんき》の作家《さっか》ですが、少女《しょうじょ》たちの恋《こい》を描《えが》いても、ドキドキするくらいに魅力的《みりょくてき》で、まるで魔法《まほう》にかけられたような気持《きも》ちにさせられます。

「だれも知《し》らない」は、短編集《たんぺんしゅう》『**ひとりぼっちの動物園**《どうぶつえん》』（あかね書房《しょぼう》）の中《なか》の一作《いっさく》です。作者《さくしゃ》の**灰谷健次郎**《はいたにけんじろう》さんは、十七年間《ねんかん》、小学校《しょうがっこう》の先生《せんせい》をしていました。そのときに出《で》会《あ》った子《こ》どもたちからいろいろなことを学《まな》んだと、灰谷《はいたに》さんはいいます。この短編集《たんぺんしゅう》では、子《こ》どもたちの心《こころ》によりそって、その感受性《かんじゅせい》の鋭《するど》さやすばらしさを、五つのお話《はなし》にしています。

先生時代《せんせいじだい》の灰谷《はいたに》さんは、子《こ》どもたちとのつきあいや、子《こ》どもが作《つく》った詩《し》を紹介《しょうかい》しながら、『**せんせいけらいになれ**』（理論社《りろんしゃ》・角川文庫《かどかわぶんこ》）という本《ほん》を出版《しゅっぱん》しています。その中《なか》の、「おならのこうぎ」では、子《こ》どもたちが作《つく》ったおならの詩《し》をいくつも取《と》りあげて、「おならは人間《にんげん》のあたたかい心《こころ》です」なんていっています。灰谷《はいたに》さんは、子《こ》どもたちに人気《にんき》の、おもしろい先生《せんせい》だったのでしょうね。

ところが、いろいろ悩《なや》むことがあったのでしょうか。子《こ》どもたちに、「学校《がっこう》の先生《せんせい》をやめます。きょうから、ただのオッサンになります。さようなら」といって、先生《せんせい》をやめてしまいます。そのあとに、東南《とうなん》アジアや沖縄《おきなわ》を放浪《ほうろう》しました。

灰谷《はいたに》さんの代表作《だいひょうさく》でもある、大長編《だいちょうへん》『**兎の眼**《うさぎめ》』（理論社《りろんしゃ》）は、このころから書《か》きはじめられました。子《こ》どもたちから教《おし》えられたやさしさや、子《こ》どもに向《む》けた愛情《あいじょう》が、この作品《さくひん》には満《み》ちあふれています。『兎《うさぎ》の眼《め》』は、その後《のち》、テレビドラマになり、映画化《えいがか》されて、大《だい》ベストセラーになりました。


「**百《ひゃく》まいめのきっぷ**」の作者《さくしゃ》、**たかどのほうこ**さんは、このお話《はなし》のように、時間《じかん》や空間《くうかん》をとびこえたり、ものや人《ひと》が変身《へんしん》したりしてふしぎなことがおこる楽《たの》しい物語《ものがたり》を、たくさん書《か》いています。『**へんてこもり**』**シリーズ**（偕成社《かいせいしゃ》）を、読《よ》んだ人《ひと》もたくさんいるでしょうね。たかどのさんは、へんてこなお話《はなし》の名人《めいじん》なんです。

八十四歳《さい》の洋服研究家《ようふくけんきゅうか》のおばあさんが、一枚着《まいき》ると一歳若《さいわか》くなる洋服《ようふく》を発明《はつめい》する、『**いたずらおばあさん**』（フレーベル館《かん》）。いたずら大好《だいす》きなおばあさんに作《つく》られた、いたずら好《ず》きの人形《にんぎょう》が活躍《かつやく》する、『**いたずら人形《にんぎょう》チョロップ**』（ポプラ社《しゃ》）。きっと作者《さくしゃ》も、いたずらが大好《だいす》きなのでしょうね。ゆかいにわらって楽《たの》しめるお話《はなし》です。

たかどのさんは、高楼方子《たかどのほうこ》の名《な》で、長編《ちょうへん》ファンタジーを、いくつも書《か》いています。『**わたしたちの帽子《ぼうし》**』（フレーベル館《かん》）は、古《ふる》いビルの中《なか》で、主人公《しゅじんこう》の少女《しょうじょ》が、同《おな》じ帽子《ぼうし》をかぶった少女《しょうじょ》と出会《であ》い、ともだちになってビルの中《なか》を探検《たんさく》するお話《はなし》です。そこで、時間《じかん》をこえた、ふしぎなことが起《お》こるのです。結末《けつまつ》がすてきな一冊《いっさつ》、ぜひ読《よ》んでみてください。

八月《がつ》は、夏休《なつやす》みのまっさいちゅう。海《うみ》や山《やま》に出《で》かけたり、盆踊《ぼんおど》りや花火大会《はなびたいかい》があったり、楽《たの》しいことがいっぱいありますね。

「光《ひか》る」を書《か》いた**阪田寛夫《さかたひろお》**さんは、詩人《しじん》で小説家《しょうせつか》で、たくさんの童謡《どうよう》も作《つく》っています。「サッちゃん」や、「おなかのへるうた」や、「ねこふんじゃった」などは、みなさんも小《ちい》さいときに歌《うた》ったことがあるでしょう。

「光《ひか》る」は、少年詩集《しょうねんししゅう》『**夕方《ゆうがた》のにおい**』（教育出版《きょういくしゅっぱん》センター）の中《なか》の一編《いっぺん》です。この詩《し》集《しゅう》には、おもしろい作品《さくひん》がたくさん入《はい》っています。

どんぶらこっこ　すっこっこ
どんぶらこっこ　すっこっこ
桃《もも》をはこんだ桃《もも》の川《かわ》
花《はな》びら浮《う》かべて隅田川《すみだがわ》

とはじまる、「どんぶらこっこ」は、トム・ソーヤーのミシシッピー川《がわ》から、スワニー川《がわ》、ロンドンのテムズ川《がわ》や、ウィーンのドナウ川《がわ》と、世界《せかい》にまでひろがっていきます。

阪田《さかた》さんは、**『桃次郎《ももじろう》』**（楡出版《にれしゅっぱん》）という、桃太郎《ももたろう》の弟《おとうと》を主人公《しゅじんこう》にしたお話《はなし》も作《つく》りました。このお話《はなし》には、こんな歌《うた》も登場《とうじょう》します。

兄《あに》きに　似《に》てない　桃次郎《ももじろう》／よわむし　寒《さむ》がり／ひねくれや／よいやさ　きたさ
大《おお》きくなったが桃次郎《ももじろう》／鬼《おに》にうなされ／しっこたれ／よいやさ　きたさ

こういう、へんな歌《うた》をはさみながら、桃次郎《ももじろう》の性格《せいかく》が紹介《しょうかい》され、だんだんふしぎ世界《せかい》に入《はい》っていきます。

上橋菜穂子《うえはしなほこ》さんの**「縁日《えんにち》の夜《よる》」**は、雑誌《ざっし》『日本児童文学《にほんじどうぶんがく》』に発表《はっぴょう》された作品《さくひん》です。長《ちょう》編《へん》ファンタジーが多《おお》い上橋《うえはし》さんにとっては、数少《かずすく》ない短編《たんぺん》のひとつといえるでしょう。

上橋《うえはし》さんは、大学《だいがく》の先生《せんせい》で、オーストラリアの先住民族《せんじゅうみんぞく》、アボリジニの研究者《けんきゅうしゃ》です。調査《ちょうさ》のために、何回《なんかい》もアボリジニの村《むら》をたずねています。そういった経験《けいけん》が、デビュー作《さく》となった、**『精霊《せいれい》の木《き》』**（偕成社《かいせいしゃ》）や、二作目《にさくめ》の**『月《つき》の森《もり》に、カミよ眠《ねむ》れ』**（偕成社《かいせいしゃ》）にも、微妙《びみょう》に反映《はんえい》されているようです。

この二作品《さくひん》のあと、上橋《うえはし》さんは、ユニークなキャラクターとあやしい妖怪《ようかい》などを登場《とうじょう》させ、ドキドキハラハラの物語《ものがたり》を作《つく》りあげます。それが、**「守《も》り人《びと》」シリーズ**（偕成社《かいせいしゃ》・新潮文庫《しんちょうぶんこ》）です。第一作《だいいっさく》となる**『精霊《せいれい》の守《も》り人《びと》』**には、短槍使《たんそうづか》いの放浪《ほうろう》の女剣士《おんなけんし》バルサという魅力的《みりょくてき》な主人公《しゅじんこう》が登場《とうじょう》します。水《みず》の精霊《せいれい》の卵《たまご》を宿《やど》した「新《しん》ヨゴ皇国《おうこく》」の第《だい》二皇子《おうじ》チャグムを、暗殺《あんさつ》を企《くわだ》てる帝《みかど》の追《お》っ手《て》と、卵食《たまごぐ》いの妖怪《ようかい》ラルンガから守《まも》るために、バルサがかっこよく活躍《かつやく》します。帝《みかど》が差《さ》しむけた刺客《しかく》と、妖怪《ようかい》の魔《ま》の手《て》から逃《のが》れるバルサとチャグムの闘《たたか》いは、息《いき》もつかせぬ迫力《はくりょく》があります。

また、**『狐笛《こてき》のかなた』**（理論社《りろんしゃ》・新潮文庫《しんちょうぶんこ》）では、領地《りょうち》をうばいあう領主《りょうしゅ》たちのにくしみを背景《はいけい》に、少女《しょうじょ》とキツネという、人《ひと》と動物《どうぶつ》をこえた、すばらしい愛《あい》のファンタジーを作《つく》っています。満開《まんかい》の桜《さくら》が白雲《はくうん》のように山肌《やまはだ》をおおい、花《はな》びらが舞《ま》い散《ち》る春《はる》の野原《のはら》を、まるでまぼろしのように、のどかに美《うつく》しく描《えが》いた最後《さいご》の場面《ばめん》は印象的《いんしょうてき》です。

「げげのぶし」は、大人《おとな》の小説《しょうせつ》をたくさん書《か》いている、**内海隆一郎**《うつみりゅういちろう》さんのお話《はなし》です。「げげのぶし」に出《で》てくる「初盆《はつぼん》」というのは、死《し》んだ人《ひと》がはじめて迎《むか》えるお盆《ぼん》のことで、「新盆《にいぼん》」ともいいます。お盆《ぼん》には、迎《むか》え火《び》をたいて祖先《そせん》のたましいをまねき、そなえものをして、そのしあわせをいのります。このお話《はなし》で、夢《ゆめ》の中《なか》で少年《しょうねん》をたすけてくれた「下々《げげ》の武士《ぶし》」というのは、祖先《そせん》の霊《れい》だったのでしょうね。

内海《うつみ》さんの短編集《たんぺんしゅう》**『だれもが子供《こども》だったころ』**（河出文庫《かわでぶんこ》）には、子《こ》どもたちの感《かん》じていることや、考《かんが》えていることを、ていねいにひろいあげたお話《はなし》が、たくさん入《はい》っています。

よそゆきの洋服《ようふく》を着《き》ると、かならずといっていいくらい、転《ころ》んでよごしてしまう小学《しょうがく》三年生《ねんせい》。もうすぐ入学式《にゅうがくしき》だというのに、指《ゆび》しゃぶりのくせが直《なお》らないので、指《ゆび》にとうがらしをぬりつけられてしまうお話《はなし》。赤《あか》ちゃんのときから使《つか》っていたバスタオルを、四、五歳《さい》になっても手放《てばな》せない男《おとこ》の子《こ》。この本《ほん》には、小《ちい》さいときに、だれもが経験《けいけん》したような、なやみやかなしい気持《きも》ちをとらえて、それをやさしくつつみこむ作品《さくひん》が、四十九編《へんはい》入っています。どれもみじかいお話《はなし》なので、好《す》きなお話《はなし》から少《すこ》しずつ読《よ》んでいってもいいでしょう。

『蚊取線香《かとりせんこう》』は、とてもみじかいお話《はなし》です。二メートルもある蚊取線香《かとりせんこう》なんて、海亀《うみがめ》だけじゃなく、人間《にんげん》だってにげだしたくなるかもしれませんね。作者《さくしゃ》の**村上春樹**《むらかみはるき》さんの本《ほん》は、いろいろな国《くに》で翻訳《ほんやく》されて、世界中《せかいじゅう》でよく読《よ》まれています。フランツ・カフカ賞《しょう》という外国《がいこく》の文学賞《ぶんがくしょう》も受賞《じゅしょう》した、いまの日本《にほん》を代表《だいひょう》する作家《さっか》のひとりです。

村上《むらかみ》さんの本《ほん》には、あじわいぶかいキャラクターがたくさん登場《とうじょう》します。『ふしぎな図書館《としょかん》』（講談社《こうだんしゃ》）には、羊《ひつじ》の毛皮《けがわ》をすっぽりかぶった、羊男《ひつじおとこ》という、きみょうなキャラクターが出《で》てきます。主人公《しゅじんこう》の「ぼく」が、図書館《としょかん》でふしぎな老人《ろうじん》に案内《あんない》されて地下《ちか》におりて行《い》くと、羊男《ひつじおとこ》に出会《であ》います。そして「ぼく」は、牢屋《ろうや》に入《い》れられてしまうのです。

羊男《ひつじおとこ》が主人公《しゅじんこう》の、『羊男《ひつじおとこ》のクリスマス』（講談社《こうだんしゃ》）では、ドーナツ・ショップではたらいていた羊男《ひつじおとこ》が、クリスマス・ソングの作曲《さっきょく》をたのまれます。ところが、思《おも》うように作《さっ》曲《きょく》ができないので、羊博士《ひつじはかせ》のところに相談《そうだん》に行《い》きました。博士《はかせ》は、聖羊祭日《せいひつじさいじつ》にあなのあいたものを食《た》べたので、のろいにかけられたのだといいます。羊男《ひつじおとこ》は、毎日《まいにち》ドーナツを食《た》べていますからね。のろいをとくために、ねじりドーナツを持《も》って秘密《ひみつ》のあなに落《お》ちた羊男《ひつじおとこ》は、ねじりドーナツみたいに顔《かお》がねじれた、「ねじけ」に会《あ》います……。と、楽《たの》しいクリスマス絵《え》童話《どうわ》です。

舟崎靖子《ふなざきやすこ》さんの**「林檎」**《りんご》は、短編集《たんぺんしゅう》**『六つのガラス玉』**《だま》（あかね書房《しょぼう》）の中《なか》の一編《ぺん》です。この短編集《たんぺんしゅう》には、少年《しょうねん》や少女《しょうじょ》のかなしさやさびしさが生《う》みだす、まぼろしのような世界《せかい》を描《えが》いた、ちょっとふしぎなお話《はなし》ばかりが収《おさ》められています。

舟崎靖子《ふなざきやすこ》さんは、「うたう足《あし》の歌《うた》」という作品《さくひん》で、一九六四年度《ねんど》のレコード大賞童謡《たいしょうどうよう》賞《しょう》を受賞《じゅしょう》しています。そのあとに、舟崎克彦《ふなざきよしひこ》さんといっしょに作《つく》った**『トンカチと花将**《はなしょう》**軍』**《ぐん》（福音館書店《ふくいんかんしょてん》）で、作家《さっか》デビューしました。

舟崎《ふなざき》さんは、小《ちい》さな生《い》き物《もの》や野山《のやま》の草花《くさばな》が大好《だいす》きです。季節《きせつ》のうつりかわりや、自然《しぜん》の風景《ふうけい》などをじょうずに取《と》りいれ、そこに子《こ》どもたちのいろいろな気持《きも》ちをかさねあわせた作品《さくひん》を、多《おお》く書《か》いています。

『亀八』《かめはち》（偕成社《かいせいしゃ》）は、犬《いぬ》が大好《だいす》きで、大《おお》きな犬《いぬ》を飼《か》っていた舟崎《ふなざき》さんだからこそ書《か》けた、犬《いぬ》と少年《しょうねん》の物語《ものがたり》です。季節《きせつ》のうつりかわりと、時《とき》の流《なが》れを背景《はいけい》に、亀八《かめはち》との出会《であ》いと別《わか》れまでが、感動的《かんどうてき》に描《えが》かれています。長《なが》い作品《さくひん》ですけれど、読《よ》んでみてください。

夏休《なつやす》みは、長《なが》い物語《ものがたり》にチャレンジするチャンスです。この本《ほん》で紹介《しょうかい》した作家《さっか》の、長編《ちょうへん》作品《さくひん》を、最後《さいご》に紹介《しょうかい》しておきましょう。

「さそりの井戸《いど》」の**北村薫**《きたむらかおる》さんは、ドキドキするような小説《しょうせつ》をたくさん書《か》いています。十七歳《さい》の少女《しょうじょ》が、目《め》がさめたらいきなり四十二歳《さい》のおばさんになっていたという『**スキップ**』や、『**ターン**』『**リセット**』（以上新潮社《いじょうしんちょうしゃ》）の三部作《さんぶさく》は、どれも時間《じかん》を跳《と》びこえた、ふしぎなお話《はなし》です。

灰谷健次郎《はいたにけんじろう》さんの、沖縄《おきなわ》を舞台《ぶたい》にした、『**太陽《たいよう》の子《こ》**』（理論社《りろんしゃ》）も大長編《だいちょうへん》です。小学《しょうがく》六年生《ねんせい》のふうちゃんを主人公《しゅじんこう》に、「てだのふあ・おきなわ亭《てい》」という食堂《しょくどう》に集《あつ》まる人《ひと》たちのなかで起《お》こる、いろいろなできごとをとおして、生《い》きることのすばらしさを描《えが》いています。

阪田寛夫《さかたひろお》さんが、友人《ゆうじん》の童謡詩人《どうようしじん》、まどみちおさんのことを書《か》いた『**まどさん**』（ちくま文庫《ぶんこ》）も、大人《おとな》の小説《しょうせつ》ですが、おすすめです。

内海隆一郎《うつみりゅういちろう》さんの、『**島**《しま》**の少年**《しょうねん》』（河出書房新社《かわでしょぼうしんしゃ》）は、ちょっと難《むずか》しいかもしれないけど、小学《しょうがく》五年生《ねんせい》の少年《しょうねん》が主人公《しゅじんこう》で、その妹《いもうと》との話《はなし》が中心《ちゅうしん》だから、共感《きょうかん》を持《も》って読《よ》めるでしょう。

村上春樹《むらかみはるき》さんの長編小説《ちょうへんしょうせつ》、『**ノルウェイの森**《もり》』『**ダンス・ダンス・ダンス**』（以上講談《いじょうこうだん》社《しゃ》）などは、海外《かいがい》でも評判《ひょうばん》の小説《しょうせつ》です。どれも、上下《じょうげ》二冊《さつ》で文庫本《ぶんこぼん》になっていますから、読《よ》んでみてください。

著者紹介

清岡卓行（きよおか　たかゆき）一九二二年大連生まれ。日本野球連盟に勤めつつ、一九五九年詩集『氷った焔』（書肆ユリイカ）でデビュー。詩集に『日常』『一瞬』（現代詩花椿賞受賞、以上思潮社）『固い芽』『駱駝の上の音楽』（以上青土社）『西へ』（講談社）、小説に『アカシアの大連』（芥川賞受賞）『花の躁鬱』（ともに講談社）『夢のソナチネ』（集英社）など。中国紀行をまとめた『藝術的な握手』（文藝春秋）で読売文学賞受賞。二〇〇六年没。

矢玉四郎（やだま　しろう）一九四四年大分県生まれ。『おしいれの中のみこたん』（岩崎書店）でデビュー。おもな著作に、絵本『はれときどきぶた』などの「はれぶたシリーズ」（岩崎書店）あいうえほんシリーズ『なりたいじんじゃ』（ポプラ社）『ぶらんこぶーちゃん』（ひさかたチャイルド）、読み物に『しゃっくり百万べん』（偕成社）、一般書に『心のきれはし—教育されちまった悲しみに魂が泣いている』（ポプラ社）など。

北村　薫（きたむら　かおる）一九四九年埼玉県生まれ。一九八九年『空飛ぶ馬』でデビュー。おもな著作に、『夜の蝉』（日本推理作家協会賞受賞）『ニッポン硬貨の謎』（本格ミステリ大賞受賞、以上東京創元社）、『覆面作家は二人いる』（角川書店）『スキップ』『ターン』『リセット』（新潮社）の三部作、『盤上の敵』（講談社）『月の砂漠をさばさばと』（おーなり由子・絵）『一九五〇年のバックトス』（以上新潮社）『ひとがた流し』（朝日新聞社）など。

竹下文子（たけした　ふみこ）一九五七年福岡県生まれ。一九七八年『星とトランペット』（現在ブッキング刊）でデビュー。おもな著作に、読み物「黒ねこサンゴロウ」シリーズ（鈴木まもる・絵、路傍の石幼少年文学賞受賞）『風町通信』（飯野和好・絵、以上偕成社）、絵本『むぎわらぼうし』（いせひでこ・絵、絵本にっぽん賞受賞、講談社）『ピン・ポン・バス』（鈴木まもる・絵、偕成社）『ねえだっこして』（田中清代・絵、金の星社）など。

杉みき子（すぎ　みきこ）一九三〇年新潟県生まれ。一九五七年「かくまきの歌」ほかの短編で日本児童文学者協会新人賞を受賞。おもな著作に、短編集『小さな雪の町の物語』（小学館文学賞受賞、童心社）『小さな町の風景』（赤い鳥文学賞受賞、偕成社）『かくまきの歌』（童心社）「杉みき子選集」全三巻（新潟日報事業社）、絵本『月夜のバス』（黒井健・絵、偕成社）、エッセイ集『朝のひとこと』（新潟日報事業社）など。

松永伍一（まつなが　ごいち）一九三〇年福岡県生まれ。一九五四年詩集『青天井』（母音社）でデビュー。おもな著作に、詩集『くまそ唄』『割礼』（以上国文社）『油屋のジョン——松永伍一少年詩集』（理論社）、詩画集『鳥の夢』（脇田和・絵、玲風書房）、エッセイ集『老いの品格』『快老のスタイル』（以上大和書房）、『日本農民詩史』全五巻（毎日出版文化賞特別賞受賞、法政大学出版局）『松永伍一全景』（大和書房）など。二〇〇八年没。

水木しげる（みずき　しげる）一九二二年大阪府生まれ。鳥取県境港市育ち。一九五八年『ロケットマン』（兎月書房）でデビュー。一九六五年『テレビくん』で講談社児童漫画賞受賞。おもな著作に、『のんのんばあとオレ』（筑摩書房）「ゲゲゲの鬼太郎」シリーズ、「墓場鬼太郎」シリーズ（角川書店）、『日本妖怪大全』（講談社）『水木しげるぼくは妖怪博士』『水木しげる妖怪大百科』『水木しげる鬼太郎大百科』（以上小学館）など。

江國香織（えくに　かおり）一九六四年東京都生まれ。一九八七年「草之丞の話」で小さな童話大賞受賞。おもな著作に、『つめたい夜に』（理論社）『こうばしい日々』（産経児童出版文化賞・坪田譲治文学賞受賞、あかね書房）『号泣する準備はできていた』（直木賞受賞、新潮社）、絵本『いつか、ずっと昔』（荒井良二・絵、アートン）『おさんぽ』（こみねゆら・絵、白泉社）、詩集『すみれの花の砂糖漬け』（理論社）、翻訳『おひさまパン』（金の星社）など。

灰谷健次郎（はいたに　けんじろう）一九三四年兵庫県生まれ。一九七四年『兎の眼』でデビュー。おもな著作に、『太陽の子』（以上二作で路傍の石文学賞受賞、理論社）『ひとりぼっちの動物園』（小学館文学賞受賞、あかね書房）『せんせいけらいになれ』（理論社）『天の瞳』（角川書店）、絵本『ろくべえまってろよ』（長新太・絵、文研出版）など。全集に「灰谷健次郎の本全集版」全二十四巻「灰谷健次郎童話館」全十三巻（理論社）。二〇〇六年没。

たかどのほうこ（高楼方子）一九五五年北海道生まれ。『へんてこもりにいこうよ』（偕成社）『いたずらおばあさん』（フレーベル館）で、路傍の石幼少年文学賞を受賞。絵本に『まあちゃんのながいかみ』（福音館書店）、短編に『おともだちにナリマ小』（産経児童出版文化賞受賞、フレーベル館）、長編に『十一月の扉』（産経児童出版文化賞受賞）（リブリオ出版）『緑の模様画』（福音館書店）など。
一九八七年『ココの詩』（リブリオ出版）でデビュー。

阪田寛夫（さかた　ひろお）一九二五年大阪府生まれ。童謡に「マーチング・マーチ」（レコード大賞童謡賞受賞）「歌えバンバン」「おなかのへるうた」、詩集に『サッちゃん』（日本童謡賞・赤い鳥文学賞特別賞受賞）『ばんがれまーち』（理論社）『含羞詩集』（河出書房新社）、小説に『土の器』（芥川賞受賞、文藝春秋）、絵本に『ちさとじいたん』（織茂恭子・絵、岩崎書店）『ぴりのきもち』（和田誠・絵、童話館出版）など。二〇〇五年没。

上橋菜穂子（うえはし　なほこ）一九六二年東京都生まれ。立教大学博士課程単位取得（文学博士）。専攻は文化人類学。一九八九年『精霊の木』でデビュー。おもな著作に、『精霊の守り人』（野間児童文芸新人賞・産経児童出版文化賞受賞）『闇の守り人』（日本児童文学者協会賞受賞）『夢の守り人』（路傍の石文学賞受賞）『神の守り人〈来訪編〉〈帰還編〉』（小学館児童出版文化賞受賞、以上偕成社）『狐笛のかなた』（野間児童文芸賞受賞、理論社）など。

内海隆一郎（うつみ　りゅういちろう）一九三七年愛知県生まれ。岩手県出身。一九六九年「雪洞にて」で文學界新人賞受賞。おもな著作に、長編『金色の棺』（筑摩書房）『島の少年』（河出書房新社）『狐の嫁入り』『木々にさす光』（以上ＰＨＰ研究所）『地の螢』（徳間書店）、短編集『人びとの岸辺』（筑摩書房）『懐かしい人びと』（ＰＨＰ研究所）『郷愁　サウダーデ』（光文社）『魚の声』（集英社）『蟹の町』『３０％の幸せ』（メディアパル）ほか。

村上春樹（むらかみ　はるき）一九四九年京都府生まれ。一九七九年『風の歌を聴け』（群像新人文学賞受賞、講談社）でデビュー。おもな著作に、長編『羊をめぐる冒険』（野間文芸新人賞受賞、講談社）『世界の終りとハードボイルド・ワンダーランド』（谷崎潤一郎賞受賞、新潮社）『ノルウェイの森』（講談社）『ねじまき鳥クロニクル』（読売文学賞受賞、新潮社）、短編集『カンガルー日和』、絵本『ふしぎな図書館』（佐々木マキ・絵、講談社）など。

舟崎靖子（ふなざき　やすこ）一九四四年神奈川県生まれ。一九七一年『トンカチと花将軍』（舟崎克彦共著・福音館書店）でデビュー。おもな著作に、読み物『ひろしのしょうばい』『亀八』（ともに産経児童出版文化賞受賞、偕成社）、絵本『やいトカゲ』（渡辺洋二・絵、絵本にっぽん賞受賞、あかね書房）「もりはおもしろランド」シリーズ（舟崎克彦共著）『どのくらいおおきいかっていうとね』（にしかわおさむ・絵、以上偕成社）など。

各月俳句作者

芥川龍之介（あくたがわ　りゅうのすけ）一八九二年東京生まれ。作品に、短編「芋粥」「鼻」「蜘蛛の糸」「羅生門」など。高浜虚子に師事し、俳号は我鬼。一九二七年没。

日野草城（ひの　そうじょう）一九〇一年東京生まれ。作品に、句集『花氷』『人生の午後』など。初期は高浜虚子に師事するが、のちに袂を分かつ。一九五六年没。

松尾芭蕉（まつお　ばしょう）一六四四年伊賀国（現在の三重県）生まれ。作品に、紀行文『野ざらし紀行』『笈の小文』『奥の細道』など。俳聖とよばれる。一六九四年没。

編・解説

野上　暁（のがみ　あきら）一九四三年長野県生まれ。評論家、作家。子ども雑誌、児童図書、一般図書の編集に長年かかわる。著作に、『おもちゃと遊び』（現代書館）『ファミコン時代の子どもたち』（アドバンテージサーバー）『日本児童文学の現代へ』『〝子ども〟というリアル』（パロル社）『子ども学　その源流へ』（大月書店）など。創作に、うえのあきお名義による『ぼくらのジャングルクルーズ』（理論社）など。

底本一覧

六月

「蝸牛の道」 清岡卓行 『幼い夢と』 河出書房新社 一九八二年
「お母さんはかたつむり」 矢玉四郎 『きもち半分宇宙人』 国土社 一九八六年
「さそりの井戸」 北村　薫 『月の砂漠をさばさばと』 新潮文庫 二〇〇二年
「雨あがり」 竹下文子 『星占師のいた街』 偕成社 一九八四年
「電信柱に花が咲く」 杉みき子 『小さな町の風景』 偕成社 一九八二年

七月

「教科書」 松永伍一 『油屋のジョン - 松永伍一少年詩集』 理論社 一九八一年
「のんのんばあ」 水木しげる 『のんのんばあとオレ』 筑摩書房 一九七七年
「七月の卵」 江國香織 「別冊飛ぶ教室　創作特集一九九二」 楡出版 一九九二年
「だれも知らない」 灰谷健次郎 『ひとりぼっちの動物園』 あかね書房 一九七八年
「百まいめのきっぷ」 たかどのほうこ 「母の友」一九九〇年三月号 福音館書店 一九九〇年

八月

「光る」　阪田寛夫　『夕方のにおい』教育出版センター　一九七八年

「縁日の夜」　上橋菜穂子　「日本児童文学」一九九三年一月号　文溪堂　一九九三年

「げげのぶし」　内海隆一郎　「別冊飛ぶ教室　創作特集一九九三」　楡出版　一九九三年

「蚊取線香」　村上春樹　「ビックリハウス」一九八〇年九月号　パルコ出版　一九八〇年

「林檎」　舟崎靖子　『六つのガラス玉』　あかね書房　一九八一年

本文挿画

高畠那生（たかばたけ　なお）一九七八年岐阜県生まれ。二〇〇三年絵本『ぼく・わたし』でデビュー。絵本に、『チーター大セール』（以上絵本館）『ぞうの金メダル』（斉藤洋・作　偕成社）『いぬのムーバウいいねいいね』（講談社）『おまかせツアー』（理論社）『だるまだ！』（長崎出版）、さし絵に『ありんこ方式』（市川宣子・作　フレーベル館）など。

装画

川上隆子（かわかみ　たかこ）一九六七年東京都生まれ。一九九八年絵本『わたしのおへやりょこう』（フレーベル館）でデビュー。絵本に、「きいちゃん」（おおしまたえこ・作　ポプラ社）「とこちゃんのえほん」（フレーベル館）の各シリーズ、『たまちゃんのかさ』『おはようミントくん』（以上偕成社）『ひかりのつぶちゃん』（ビリケン出版）など。

ものがたり 12 か月
夏ものがたり

2008 年 6 月　1 刷　2017 年 4 月　7 刷

編　者　野上　暁
画　家　高畠那生
発行者　今村正樹
発行所　株式会社偕成社
〒 162-8450 東京都新宿区市谷砂土原町 3-5
電話 03-3260-3221（販売）
03-3260-3229（編集）
http://www.kaiseisha.co.jp/
印刷所　中央精版印刷株式会社
製本所　中央精版印刷株式会社

22×16cm 222p. NDC913 ISBN-978-4-03-539320-7
Published by KAISEI-SHA. Printed in Japan.

本のご注文は電話・ファックスまたは E メールでお受けしています。
Tel : 03-3260-3221　Fax : 03-3260-3222　e-mail : sales@kaiseisha.co.jp

ものがたり１２か月シリーズ

野上　暁・編

季節をみずみずしくえがいた
短編・詩の傑作をえらびぬいて
各巻 15 編収録。

【収録作品作家陣】

「春ものがたり」

谷川俊太郎・立原えりか・末吉暁子・森忠明・柏葉幸子
山中利子・斉藤洋・岡田貴久子・三田村信行・丘修三
ねじめ正一・笹山久三・今森光彦・茂市久美子・川上弘美

「夏ものがたり」

清岡卓行・矢玉四郎・北村薫・竹下文子・杉みき子
松永伍一・水木しげる・江國香織・灰谷健次郎・たかどのほうこ
阪田寛夫・上橋菜穂子・内海隆一郎・村上春樹・舟崎靖子

「秋ものがたり」

まどみちお・河原潤子・三木卓・群ようこ・佐野洋子
佐野美津男・内田麟太郎・池澤夏樹・那須田淳・佐藤さとる
吉野弘・たかしよいち・松居スーザン・市川宣子・岡田淳

「冬ものがたり」

小野寺悦子・干刈あがた・星新一・岩瀬成子・那須正幹
木坂涼・長新太・上野瞭・安東みきえ・ひこ・田中
工藤直子・村中李衣・安房直子・飯田栄彦・荻原規子